AQUARIUS

AQUARIUS

AQUARIUS

AQUARIUS

每個人心中都有一座島嶼，

藉文字呼息而靜謐，

Island，我們心靈的岸。

端紫斑蝶的最後夏天

陳鴻仁——著

【推薦序】

人生是對鏡的自我面試

／甘耀明

台灣文學的創作者何其多，大部分從文學相關科系醞釀造就。這些作家可能從中學便喜歡文學，接著在大學文學院習得創作技術，或因此浸潤在更精緻的文學書籍，或其他因素，一路鞭策寫作，最後成為作家。我有個不成形的想法，台灣作家除了從傳統的文學院管道誕生，醫學院的人文陶冶，更創造另一批重要創作者。

我這樣說不無根據，從譽為「台灣新文學之父」的醫師作家賴和，到奠定台灣醫學教育的杜聰明，另外包括早逝的王尚義（一九三九～一九六三），到目前大家熟知的王溢嘉、侯文詠、陳克華、王浩威、田雅各，到年輕的鯨向海、黃信恩、吳妮民等等，還有近年創作達到高峰的血液腫瘤科醫生陳耀昌，這些是浩浩蕩蕩的醫師作家群像。

醫師作家的作品，除了陳耀昌醫生寫的台灣歷史小說，他們常常將醫學背景或臨床經驗，融入寫作。在醫病關係裡，醫生在現場面對病患的生老病死，見證生命的康復喜悅或殘酷不忍，這些故事原汁原味地寫出來就很迷人了。延續這思維，我讀陳鴻仁醫生的《端紫斑蝶的最後夏天》，也漸漸看到獨特的醫學見解，如何植入在這篇小說，尤以後頭，深以為那些醫學系的入學口試或辯解，只有具現實經驗者，才能活靈活現地挪用。

《端紫斑蝶的最後夏天》沒有沉重累贅的醫學知識包袱，它是一則成長故事，充滿醫學人文的思索，是可讀、有趣的小說。這本小說的時空架空在東部小村落，疑似「國際能源研究中心」的意外事件導致核輻射外洩，引爆小村遷村議題，在選舉村長的政治傾軋中，少年主角孔澤明如何看待（或釐清）自己的愛情與成長。整體來看，這本小說可以視為啟蒙小說，孔澤明的年紀刻度，大約從國中到大學入學甄試的六年間，所有的涉事情節集中，把山村的政治權力、少年的愛情與記憶真偽，攪和在染缸，使少年的生命豐富著色，或染色失敗而無以洗濯。

我這樣介紹小說，概略說了背景，沒有劇透，讀者仍可保持「毫無所知」的淨空狀態，順著劇情，發掘小說的衝擊力。基本上，我認為閱讀這本小說沒有嚴肅文學的壓力，以純粹講故事的本色，接力棒似拉出一段又一段情節，《端紫斑蝶的最後夏天》亟欲竄跳、碰撞的正是角色與世界的碰撞，形成強烈火花。整體說來，《端紫斑蝶的最後夏天》給人的印象是快、狠、準的敘事，毫不拖泥帶水，這是類型小說的心法，但是《端紫斑蝶的最後夏天》不僅僅侷限於閱讀快感，還帶有作者深埋的意涵。

但凡塑造了快、狠、準的筆力，著力於說故事，都必須將情節以精密卡榫銜接上，帶著驚喜的翻轉，予人流暢的閱讀感，要是作者欠缺經驗，很容易在彎道有閃失。陳鴻仁不是小說新手，他經營小說多年了，數次得到「聯合文學小說新人獎」與「聯合報文學獎」，他早在上個世紀末開始小說創作，嶄露頭角。這幾年仍創作不輟，有了火候。於是我閱讀這本小說的旅程裡，隨時捕捉到一些金鑠鑠、對世界獨特理解的文句，作者信手捻來，有簡筆摹寫的爽意，比如寫主角孔澤明與跟班「烏鴉」的體格迥異，小說寫道：「有一回我們走在田埂間，我看著我倆月光的剪影嚇一大跳，以為是七爺八爺出巡。」高妙地從旁側寫，幾句揮灑完成。至於寫到小說中的村長，陳鴻仁的筆力不減，這樣描寫：「神似皮膚曬黑的肯德基爺爺，為人熱心有啤酒肚，臉上總是帶著微笑，最大的缺點是尖細的嗓音像個奸臣，卻喜歡廣播說話。」角色形象很快浮現在讀者腦海，對閱讀增加助益。這樣鮮明的例子，在小說中比比皆是，非常鮮活。

《端紫斑蝶的最後夏天》往往以寥寥數語，建立角色性格與描摹細節，手術刀般俐落，這種快、狠、準力道之外，還有更強的伺服器外掛程式——幽默。描寫少年心理與脫序的故事，世上何其多，大家第一印象而能朗朗上口的名著，應該是馬克．吐溫（Mark Twain）的《湯姆歷險記》，在密西西比河冒險的湯姆與哈克貝里．芬互為好友，發展出奇特故事。這關係如同《端紫斑蝶的最後夏天》中的主角孔澤明與「烏鴉」，兩人在台灣東部山村，一起結伴闖蕩浪遊，發展出患難友情。我讀的時候，有好幾次忍不住笑出來，直呼生動，幽默兩字，幾乎是打開這本小說蹦出來的驚喜彈跳盒機關。

就我的觀察，小說要是以少年或兒童當主角，幾乎有超齡表現，《端紫斑蝶的最後夏天》也是，但是超齡表現是要襯托主角性格，並善用幽默元素，把人物更立體化，這一對患難朋友之間的對話與行徑，謔而不虐，俏皮生動。馬克．吐溫為幽默下了註解，「它是真理的輕鬆詼諧面，也是包藏道理的表達方式。」說得簡單些，幽默不該流於笑聲，需要引起人的反思，《端紫斑蝶的最後夏天》在荒謬或風趣對話、人際誤會、愛情誤傷，或是突如其來恍如誤闖的戲劇變化，總引人思索，這來自於少年的挫敗與生命無解。

陳鴻仁的寫作經歷甚早，至今才出版作品，他過往的閱讀品味，與漫漫寫作過程的變化，缺少相關訪談，外人不得而知。但是《端紫斑蝶的最後夏天》部分味道，令我想起較陳鴻仁年長幾歲的小說家郭箏。郭箏的成名作《好個翹課天》，將少年脫序行為與虛無情緒，寫得到位，尤以〈好個翹課天〉結尾處的校長情慾轉折，與《端紫斑蝶的最後夏天》主角的愛情幡然改悟，有異曲同工之妙，不過後者爆發力與殺傷力，毫不遜色，有種青春愛情的悼亡書寫，狠狠埋入記憶。《端紫斑蝶的最後夏天》結尾的處理方式將現實與回憶揉雜，讀者讀到這可以放慢速度，體會主角在頻頻回顧那些化為鹽柱的傷痕，如何擾動刺痛，甚至開啟關竅，作者在這裡的結構花了不少心思盤桓，非常精采。

值得一提的是，《端紫斑蝶的最後夏天》的敘事有個特殊的時間點，以主角孔澤明在醫學院面試為軸，以此回溯他的山村，與離開後那之後的國高中生活，尤其山村是記憶重心，包括他對山村政治選舉、林教授行醫的真偽、校園生活裡的愛情，另有對伍老師愛慕；或是他無心地捉弄，竟導致同學王小華不久之後因為白血病而去世的愧歉，時光與情感在此糾葛蠻纏。這場根深蒂固的少年記憶，幾乎來自成年人的遊戲傷害，令人無以分辨真假，於是作者最後下了註腳，「村名還在，谷歌地圖依然清楚地標示出地點，但是村子卻永遠消失了。」可是記憶自此成了少年行為模式的DNA，無法消泯。

小說裡提到的面試，是評測應聘者的素質，是否合於口試單位的需求。企圖心強的應聘者會掩飾自我成為稱職的演出者，獲得需求，這落入遊戲，《端紫斑蝶的最後夏天》最後有點散發這樣的諷刺。主角孔澤明是有心的演出者，還是真心面對自我成長挫敗導致的記憶混亂，我不想在此下結論。

面試有多種，包括最深刻的那種，自己面對自己的質問，孔澤明在這場入學面試中，演出也好，真心也好，他已經掏心掏肺地讓讀者看到他不堪與挫敗，憑著這點，《端紫斑蝶的最後夏天》又多了更深刻的思考點。多說無益，讀者翻閱這小說，有更多衝擊，留待大家解讀。或者說，閱讀無須給自己負擔該解讀出什麼，走入有趣的小說是一趟旅程，隨文字流動，從翻閱《端紫斑蝶的最後夏天》的首頁開始出發了……

1

幾年之後，當我在北部的醫學院等待高中升大學學測後的面試時，在陳列醫學史的川堂上，看到了一張由四個雜耍小人所構成的圖畫，那是西元前四百年古希臘人所提出的「四體液學說」示意圖。四個人分別代表著血液質、黏液質、黃膽汁和黑膽汁四種體質。根據古希臘人的說法，體質不均衡是萬病的根源，如果混亂到一定程度，就必死無疑了。我看到後，腦袋瞬間發熱，心跳也加速了。我的思緒飄回到十三歲時住在山上，對著沒了呼吸的村長胡亂急救的那個暑假。那彷彿遙遠如外星球，或者像是上一世紀的事情了，然而仔細回想，天啊！那才不過發生在四年多前而已。

事情的開端是在那年農曆的七月十五日下午。

颱風大雨過後，天氣乍然晴朗了起來。媽祖廟「天明宮」前的廣場搭起了七彩帳篷，帳篷下的數十道圓桌擺滿了普渡用的三牲四果，走道已經夠窄了，還擺了一整排的椅凳。椅凳的上頭放著一只只盛滿清水的臉盆，一炷清香斜放，毛巾展開，藉此恭請好兄弟來賞光洗臉。小學五年級的時候，我闖禍了，和同學在廟埕前跑來跑去時，嬉鬧間像打保齡球般地把一長排的椅凳搞翻了。頓時，乒乒乓乓，臉盆翻落，尖叫和罵聲四起。最糟糕的是，我們的校長正好在祭拜人群中，而她身上那件千年不變的暗紅色連身裙也因此被水潑髒了。我媽押著我賠不是，但那是假裝的，因為她早就習慣了我的小事不斷，大事不犯。校長用她一貫平直沒有起伏的口吻說，聰明的小朋友才調皮，沒關係。話雖如此，她在開學後找了莫須有的罪名，罰我掃了一星期的廁所。廁所超級臭，班上的女生不敢跟我接近，讓我感到很沒面子。

那年我十三歲，暑假即將結束，恰逢中元普渡。師公在供桌前吹起法螺，燒了符咒並搖起鈴鐺，卻並不見往常祭祀時的人潮。原來婆婆媽媽們、歐吉桑以及村裡僅剩的小朋友，全部都聚集到十點鐘方向的戲台下了。

圈圍的中心是一個穿著黑色西裝，打著大紅蝴蝶結的中年人，身材矮胖，國字臉上留著小平頭，瞇細的眼睛透過粗框眼鏡，簡直成了一條直線。他的左腳有殘疾，手拄著金屬製的前臂枴，胸廓因為長時間左右施力不平均而變形前突。在這海拔約兩千公尺的山上，又值連綿大雨造成聯外道路全部毀損的颱風天，他這個外地人是如何來到我們村落的？實在是個謎。

中年人自稱是林教授，簡稱林P。「我是Doctor，Doctor有『博士』和『醫師』兩種意思，我兩個身分都有，我想大家還是叫我林P吧！這樣比較簡單親切。」他這樣向村民自我介紹，聲音厚實，很能給人安定感。我注意到他的褲腳上沾滿了泥水，左側眼鏡的邊角有一小塊裂痕，看來他在雨中的山路行走，再加上肢體殘障，確實吃盡了苦頭。

只是，根據我的死黨「烏鴉」的說法，林P一出現在廟前，就像神一樣露了一手，救了伍老師的命。我沒有親眼目睹，只能任由烏鴉一次次吹起一隻比一隻大的牛皮來。

那是國一升國二的暑假發生的事情，我那時還住在深山的小村莊裡，喉結已經突起，身高卻是矮不隆咚的一百四十三公分。而那一年，颱風去了一個又來一個，大大小小的雨水不停地下著，村子被颱風掃過後，卻像是被熱水燙過，村民吵吵鬧鬧煩擾在遷村與否的選舉議題上。

村長的競選對手「凡仔」，一位出外經商賺了大錢的人，回到村莊不到半年就決定參選，他的競選文宣主打「活命是人權，遷村能活命」。而現任的村長卻認為，遷村無法解決人生的問題，必須反過來真誠地面對死亡，因此他蓋了一座名為「生命教育館」的建築，強迫要村民參觀。在激烈的選情下，原本已經稀少的村民又分裂成勢不兩立的兩派，整個山谷都充斥著選舉宣傳廣播車的聲音。但是，晚上當我窩在房間裡寫暑假作業時，聽著外頭滴滴答答的雨聲，混雜著貓頭鷹的咕咕聲，我又感到極其安靜，絲毫察覺不到村裡即將發生大事。

被急救的伍老師是去年來到山上的，台灣大學的高材生，擁有國外語文學校的碩士學位，學成後來到村裡的國小擔任級任老師，穿著樸素，眼睛亮如一等星眨呀眨的，鵝蛋臉總是掛著微笑，軟軟黏黏的聲音有種獨到的韻味。

國一下學期，媽祖靈驗，原本的英語老師「陳雷公」離開了，改由伍老師來接任。陳雷公嗓門雖大，對我其實滿好的，屬於鐵漢柔情的那一種，當他在教室裡唸出「This is a dog.」這句話時，甚至連遠在十公尺外、總是趴在廟前雜貨店旁的那隻叫「小黑」的雜種狗都會嚇得豎起耳朵來。

烏鴉告訴我，上學期末伍老師退還了陳雷公的情書，原因是她愛上了山林，不想再回到都市，當然不可能和把在山區教學當成跳板的陳雷公交往。由於缺乏英語教師，校長要伍老師這個喝過洋墨水的來代課。伍老師以國小老師來教授國中並不符合體制，再三拒絕。校長並沒有發揮劉備三顧茅廬的殷勤身段，反而板起面孔，下達命令：「伍老師，難道你不明白作為一位教師的使命就是作育英才？待得夠久就會明白這個山上是個化外國度，沒有人會來稽查的，而你所擔心的教育局公文，我會自行處理。」

想不到機車的校長也有可愛的一面。看來，我自認老成世故，對這社會的理解還是欠缺了火候。

烏鴉並不喜歡伍老師。我不惜以斷交威脅，他才慢條斯理地解釋：「老大，你逼我說的哦！她常常笑，很假，誰會整天開心的？第一眼我就覺得不對勁了，有股妖氣從她的頭頂冒出來。」

「妖你的頭啦！」

我猜測是因為烏鴉在課堂上吃東西，被伍老師罰站到司令台唱歌的緣故，只是他愛面子不願意承認而已。正值中午，烏鴉頂著大太陽，在司令台小聲地唱著：「我家門前有小河，後面有山坡……」，他五音不全我知道，但是他自認為唱得挺好的。有時候人缺乏自知之明也有好處，否則按照他的個性，大概會躲在棉被裡哭個三天三夜。

總之，伍老師是我的女神。我以為我將這個祕密隱藏得很好，結果烏鴉早就猜到了。既然烏鴉知道了，那其他人也肯定心知肚明。在普渡那天的廟前廣場，我看到伍老師跌坐在林P旁邊，虛弱到無法張開眼睛，身體兩側還沾滿泥濘。這一幕，讓我的心臟像被鞭子抽了一下。

而那天吃完午餐後，我的鼻子突然過敏大爆發，讓我不停地擤鼻子，用掉了好多衛生紙。真奇怪，我的過敏總是在月圓時發作。這讓我產生了好奇，過敏和引力是否有關聯呢？或許這將成為未來三十年間諾貝爾獎的熱門研究題目。正當我胡思亂想時，我媽說：「你這樣一直抽面紙，我賣麵賺的錢都不夠你用了。我吃壞掉的蝦子，皮膚也不會癢，你的爛鼻子到底是遺傳誰的？」

這答案不是很明顯嗎？當然是爸爸，雖然我不知道他的真實身分，我也懶得回答我媽那些五四三的問題。趁著雨勢停歇，我來到雜貨店買衛生紙，小黑趴在馬路的正中央，閉著眼，左右搖起尾巴，一隻蚯蚓滑過，牠才抽動鼻子，稍微睜開眼睛。

烏鴉看到我，招了招手，示意我過去，低聲說：「老大，可惜了！好戲已經結束。」

我靠著個頭小，一溜煙地鑽進人群前面，看到了穿著鵝黃色襯衫、綠長褲、戴著銀製十字架項鍊的伍老師。她虛弱地靠在戲台前的階梯，泥地上是棄置的口罩，反常地戴了一副粗框太陽眼鏡，棒球帽遮住了三分之一的臉。這樣的打扮顯然是為了不被人認出來。她白色胸罩的右側肩帶滑落到臂膀處，我想上前提個醒，但她的臉色蒼白，看起來驚恐不安，看來還是不要打擾她比較好。我看看左右圍觀的那十來個村民，沒有人注視著伍老師，因為所有人的目光都集中在林P身上。

林P掏出黑西裝裡的手帕，頻頻擦拭著額頭上的汗水。我還是第一次看到這麼會流汗的人，也許他說話太用力了。

趁著空檔，我向烏鴉詢問：「伍老師到底發生了什麼事情？」

「她跪在廟裡，突然就倒下來，四肢不能動，也沒辦法呼吸——」烏鴉說。

「什麼？說清楚，不要慢吞吞的。」

「大家把伍老師扶到廟外，因為那裡的煙比較少，空氣也乾淨，之後就沒有人知道該怎麼辦了。說時遲，那時快，有一個人衝了出來。老大，我這樣說，是不是很像武俠小說？」

「好啦！然後呢？」

我知道烏鴉在無聊的時候會翻閱他爸爸書架上的推理或武俠小說，而隱藏在後面角落的，全是露三點的金髮美女雜誌。

烏鴉指著林Ｐ，「他繞著伍老師走了三圈，從公事包裡拿出了五顆藥丸，不同的顏色，紅紅黃黃的，然後強迫伍老師吃進去。」

「不會有毒吧？野菇的顏色越鮮豔，毒性越大，不知道藥物是不是也這樣？」

「已經吃下去，來不及了。林Ｐ又從村民那裡拿了塑膠袋，摀住老師的嘴巴，好像要把她弄死。」烏鴉吞了口水，又說：「真的嚇死人，今天是什麼日子，突然出現一個奇怪的人專門來欺負伍老師！就在這時候，阿善伯站了出來，手提著酒瓶，臉紅得像猴子的屁股，他上前一步，揮出了少林拳。揮空就算了，還差點跌倒。幸好，伍老師動了動身體，說呼吸好多了，也不那麼喘。老大，這樣神不神？罩著塑膠袋呼吸會比較舒服？我回家也要試試看。」

「最好這樣會比較爽啦！伍老師中邪了嗎？」

烏鴉聳了聳肩，做出了茫然不知的表情。

「七彩藥丸？那是什麼怪藥？」我又問。

「要問林Ｐ，怎麼問我？」

「伍老師信基督教。她說過，不能進廟裡，也不會拿香拜拜。」

「所以她怕上帝生氣，戴上口罩，也用大眼鏡遮住臉，偷偷進來的。」

「神這樣被騙，那就不是神了。伍老師到底在拜什麼？」

「入境隨俗嘛！老大，拜託，不要提到伍老師就神經過敏。」

「不可能那麼簡單，有隱情。你會用成語，進步很多哦！」

烏鴉嘟起嘴，得意地點了點頭。

我內心十分不安，伍老師來廟裡求神問事，這是否和我寫的生日卡片有關？難道她看出了我的心意？畢竟我們年齡相差很大，所以她心猿意馬地想來問問媽祖的意思？可是這樣的解釋說不通，因為我的卡片上只寫了祝福的話語。

而中邪為什麼要用塑膠袋來罩住口鼻，一種新穎的驅魔儀式嗎？

就在這個時候，林P扯開嗓門說：「有緣千里來相會，無緣對面不相逢。既然有緣，我們來聊一下醫學知識。有人知道宇宙是由哪些基本元素構成的嗎？」

大家相互看著，沒有人回答。

「沒錯，是木、火、土、金、水。」林P一邊說著，一邊用手指頭數數，以加強氣勢。

「地球具備了木、火、土、金、水的基本元素，再加上太陽的孕育，一年就有春、夏、秋、冬四季。人的體質也分成四種：血液質、黏液質、黃膽汁以及黑膽汁。而人會生病的原因，就是這四種體液的不均衡。」

林P看到村民們都驚訝地張大嘴巴，開始以每分鐘超過三百字的語速說道：「不管嘴巴痛、背痛、心痛、腹痛、腳痛，小痛大痛，短期經痛和超過十年的偏頭痛，這些都是血液質和黃膽汁的問題。」

他接著又說：「醫師驚治嗽。寒咳、熱咳、火咳、風咳，或者是哮喘病咳了五年十年，就必須在黏液質的調整上下功夫。不是我吹牛，在我的治療下，最多八個療程就會斷根。」

圍觀的村民全都點頭，我也認為這有道理。每當我過敏時，鼻涕總是黏黏的，鼻涕爆炸多時就咳個不停。按此推理，我是黏液質失衡的人囉？

林P打開公事包，拿出四包藥丸，放慢了說話速度：「針對血液質、黏液質、黃膽汁和黑膽汁的問題，我的藥丸分別對應的就是紅、藍、黃、黑四種顏色。對不起！

這不是我的發明，而是三千年前外國人的重大發現。各位父老兄弟姊妹以及小朋友大朋友，不要怪我崇洋媚外，Science，中文意思是『科學』，科學才是宇宙中不變的真理。」

「這個英文單字伍老師教過。」我向烏鴉炫耀。

「我也要學ABCD，但是我不想被伍老師教，她太凶，數學作業已經太多了，英文字扭來扭去像鬼畫符，我百分之百寫不完。」烏鴉滿臉的苦瓜樣。

「那你只能滾下山了。」我說。

林P突然看向烏鴉這邊，「像小男孩青春期變聲，聲音難聽，像烏鴉叫，那就是黏液質缺乏，要不要試試看藍色藥丸？保證一個月內聲音洪亮，變成一隻漂亮的大公雞。」

烏鴉嚇得往後退了兩步。

我學了公雞啼叫：「咕咕咕！」並向烏鴉射出手中的鬼針草，心裡想著，烏鴉真不愧是我兄弟，和我一樣著了黏液質的道。

「屁啦！」烏鴉拔起鬼針草，向我射來。

圍觀的民眾大笑，我也笑彎了腰。烏鴉在五歲時得到百日咳，傷到聲帶後，聲音就變得如此低沉。再說得清楚一點，他被叫烏鴉並不是因為聲音，而是他太烏鴉嘴了。舉個例子來說吧！小學一年級的時候，我偷拿錢，買了兩支棒棒冰，一支檸檬，一支橘子口味。烏鴉想分一半來吃，被我拒絕了。不知道為什麼，小學低年級生總是愛吃，也特別吝嗇，我只願意分給他棒棒冰前面扭斷的那一小段。烏鴉說：「你吃那麼多，那麼快，一定會拉肚子。」果然到了半夜，我肚子痛得擦了整瓶的綠油精都沒有用。

林P皺起眉頭，一拐一拐地走到我面前。他的右手指搭著我的脈搏，持續了大約三分鐘的時間。我不知道他葫蘆裡賣什麼藥，只好轉頭對著烏鴉笑，那是我化解尷尬的方式。

「弟弟，叫什麼名字？」林P問。

「我不是弟弟，也不是哥哥，家裡只有我一個，我叫孔澤明，大家叫我阿明。」我大聲回答。

圍觀的民眾笑聲此起彼落。

「國小幾年級了？」林P臉上的表情越發凶惡，我嚇得張開嘴，卻發不出聲音。

這時一陣風吹來，從葉片上掉下的雨滴落在我臉上，帶來一種詭異的涼意。大片烏雲壓境，吃掉了天光，看來又要下雨了。

「老大是國一升國二，我才是國小，但是暑假過後也要讀國中了。」烏鴉說。

「國中生這麼矮小，那是體內的黏液太多，造成骨骼拉不長，再加上五臟六腑裡躲著寄生蟲。如果不好好醫治，恐怕幾年內會有三長兩短。」

「我，有蟲？別開玩笑了！我的嗓門這麼大，精神這麼好，會死掉？」我氣急敗壞加上非常害怕，心臟像在打鼓。儘管如此，我假裝勇敢地雙手交叉抱胸，臉撇向右側，表達出我的不屑之情。

林P將我的臉強行擺正，抬高下顎，輕拍我的胸腹各三下。他從口袋中拿出一雙黑色長筷，使用酒精棉簡單擦拭後，開始在我的眼睛和鼻子處，按、掏、挑、夾，之後翻開了我的眼瞼，刺、碰、壓、鉤，接著筷子不斷轉動，不知道在抓拿些什麼。我近距離地目睹著他額頭上的汗珠由小慢慢漲大。他處理完我的左眼瞼，又轉向右眼瞼。正當我感覺到疼痛，希望他住手時，圍觀的村民們發出了驚呼聲。

出大事了。

果然，有十幾隻白色，短短胖胖的，像麵團又像蟲子樣的東西黏附在黑筷子上。

林P把這些生物全部掃進他事先準備好的透明小防腐瓶中，然後遞給我，說：「給你留作紀念，正是牠們在搗蛋。看起來不起眼，可是塞住了經脈，相當於得到絕症，準備等死。」

我感到噁心，下意識地揮手拒絕。

「那……給我好了。」烏鴉說。

「這我的，怎麼能給你？」我搶過來，將瓶子放進口袋裡，卻由於我慌忙的動作，瓶子裡的福馬林液從瓶口溢出來，散發出刺鼻的氣味。

我打了兩個噴嚏。重新旋緊瓶蓋時，我偷瞄到浮在福馬林液中一動也不動的蟲子，牠們都死透了吧？這種生物怎麼會低等到連眼睛和鼻子都沒有，卻又莫名其妙地在我的體內？真不知道是什麼該死的寄生蟲。

「好多了吧！」林P擦了擦汗，深呼一口氣，顯然花費了相當大的力氣。「我只能逼出八成的蟲，請爸媽買個藥，讓你服用三個月，才可能斷根。」

村民們紛紛鼓掌。

我頭有些暈，伸手阻止了烏鴉的安慰。

「我的藥丸非常安全，小朋友的劑量要減半就是了。當然，它對貓、狗或豬也同樣有效。來吧，今天節目的最後，我將讓大家見證世界的第九大奇蹟。」林P指向遠處散步過來的小黑，「那是誰家的狗呢？」

阿善伯微醺地說：「人家是『養狗不如養貓，養貓不如養妻。』而我則是認為『養妻不如養狗』。小黑嘛，是村裡最大尾的野狗。」

大家都知道阿善伯的太太剛與人私奔了，彼此面面相覷，一時之間不曉得該如何接話。

小黑似乎感覺到了不對勁，停下腳步，張大黃色的眼睛凝視著我們。十秒鐘後，才又慢條斯理地向我們走了過來。

「這是大花曼陀羅，我上山時在懸崖邊發現的，」林P從公事包中取出一朵像百合的黑色花朵，「這東西夜開晝合，花香清淡，卻有劇毒，據傳是神醫華佗麻沸散的主要成分。現在我將花瓣撕碎，混入狗罐頭中。狗吃下後，三分鐘內就會中毒身亡。」林P舉起藥丸，「可是不必擔心，在我們結束之前，我將向大家展示起死回生的神技。」

林P將狗罐頭放在地上。

小黑一向有什麼吃什麼，從不懷疑村民們的餵養。然而，這一次牠抽動了鼻子，嗅了嗅後，又聞了聞。我已經從被抓眼蟲的不適中恢復過來，看見小黑伸出舌頭，滴下口水，正想上前阻止，卻來不及了。小黑開始大口地品嚐起罐頭，發出呼嚕嚕的咀嚼聲。

伍老師站起身，整理了肩帶，摘下偽裝用的大眼鏡，說：「我的頭還是有些昏沉，四肢已經可以活動了，嘴巴不必再罩著塑膠袋了，對吧？」

「不行！」

林P對伍老師太凶了，我生氣地舉手。

「小朋友是國家未來的主人翁，盡量問。我這個貓頭鷹博士是知無不言，言無不盡。」林P點頭，表示稱許。

「伍老師生什麼病？怎麼能讓老師亂吃藥呢？」

「好問題。我的每顆藥丸都含有七七四十九種天然藥材，不同的顏色，代表不同的配方。我辛苦搜集藥材後，再經過三天三夜的熬煮，才只能煉出一百顆的藥丸。注意，煉藥不是重點，我作為醫學博士真正厲害的地方在於確認治療方向。這位美女的問題是月經不順，衝任虛損，血液質、黃膽汁和黑膽汁三種體液不平衡，再加上驚悸怔忡，導致過度換氣，絕對不是中邪，也不是被鬼神附身。我的治療分成治標和治本兩大面向。治本，我使用獨門的藥丸來調理體液；而治標方面，把塑膠袋罩住嘴巴和鼻子，矯正過度換氣就大功告成了。」

「療程的費用是多少？」伍老師說。

「美女不用，結緣，嘿嘿！」

一陣低沉的聲音傳來：「七月普渡，不要亂說話。伍老師被好兄弟附身了，鬼壓床發生在白天特別危險，這代表著好兄弟有很多冤親債主，積壓的怨氣在七月鬼門打開時，全部爆發出來，正透過伍老師要向陽世的人傳達訊息。」

開口的是天明宮的蔡董，一位年逾八句的廟公。他身形微駝，常年穿著白馬褂，在廟裡泡茶時聽到外面的吵鬧聲，因此出來探看發生了什麼事情。

蔡董指著林P，「四肢不能動就是鬼在作怪，不要聽他胡說八道，我立刻升壇來請示神明。」

林P無可奈何，雙手一攤。

現場你看我，我看你，大家又看著伍老師。

「謝謝蔡董好意，我真的好多了。」伍老師說。

聽到伍老師有所進步，我精神一振，問：「剛剛講的『衝任虛損』，那是什麼意思啊？」

「這個我知道。」烏鴉搶答：「武俠小說裡常常提到這個，衝脈和任脈是屬於奇經八脈，在人的前面和後面的位置。」烏鴉一會兒比肚臍，一會兒比屁股。

「廢話，人不是前面，就是後面，難道還有中間嗎？」我罵了烏鴉後立刻發現自己的白痴，人當然有中間啊！但為了面子，我裝作若無其事，又問林P：「『過度換氣』是什麼？」

「所謂的呼吸，是吸進氧氣，呼出二氧化碳。過度換氣就是吐出太多二氧化碳了，這會導致四肢無法動彈，產生嚴重的抽筋。我把塑膠袋罩在美女的嘴巴上，就是為了回收二氧化碳，可是沒有我的四色藥丸的幫忙，好的速度會差很多。」

林P展現出學者本色，解釋了一大串。儘管每個字都是中文，連貫起來我並不好理解。

身旁的人，包括烏鴉，都點頭稱是。我不想表現出自己的笨拙，也裝出茅塞頓開的樣子。

「美女的病情如果沒有起色，我還有絕招。只要同時服用我的四色藥丸，所有疑難雜症必定能夠迎刃而解，不過藥丸的搭配是最高機密，我不能再進一步透露。一定有人會批評我是膨風水蛙，沒關係，節目結束前，我來救醒這條野狗，保證大家心服口服。」林P說。

「疑難雜症包含白血病嗎？」伍老師收起嘴角的微笑。

「當然。」

伍老師的臉上沒有顯露出情緒，我的心臟卻彷彿被穿雲箭射中了。

小黑已經倒在路旁，罐頭裡的肉品還剩下三分之一，看來這黑色花朵的毒性還真不容小覷。我雖然常常捉弄小黑，看到牠口吐白沫，心裡實在不好受。再者，才被筷子夾出眼蟲的我，身體真的變好了嗎？我深呼吸，好像有那麼點感覺，胸腔順暢多了，但是再次深呼吸，卻又沒有察覺到任何差別。

我自詡身體健康，個子雖然矮小，那只是遺傳了我媽而已。我對那些蟲子從哪裡來一無所知。林P「阻塞經脈，成為絕症」的話語讓我感到不安，更令人遺憾的是，正如伍老師所問的，如果林P早一點來到村裡，我的同學王小華就不會因為白血病而去世。

蔡董發現我們都不支持他，嘆氣、搖頭，摸著鬍鬚，走回廟裡。

林P掃視了群眾一圈，露出志得意滿的神情，擊掌兩下，喚回大家的注意力，「接下來，是今天的重頭戲了。不管是下元虧損、腎不納氣、遺精、滑精，唉呀！這邊有小朋友，我不能講得太明白。各位小姐們辛苦地住在深山裡，男人四十只憑一張嘴，工作操勞，夜晚不能給各位幸福，來找我就對了。這都是黑膽汁鬱積造成的問題。只要服用一顆我的黑藥丸，一顆就好哦！包準各位笑咪咪，咪咪笑。」

「他在講老二翹不起來嗎？真的有老二翹不起來的人？」我小聲地問烏鴉。

「老大，你怎麼問這個？等一下再說。」烏鴉回答。

「總之，我的藥丸能讓你們從台灣頭走到台灣尾，基隆頭晃到恆春尾，夜市頭繞到夜市尾，有錢也無處買，因為這是獨門配方，只有我知道。先舉手的人優先購買哦！最後一句，不講價不降價不漲價，今天給大家優待價。算了，今天結緣，黑藥丸全面大試用，數量有限，先舉手的客人先拿。等一下，我拍手後，你們再舉。一！二！三！」林P連珠炮地說著。

大家都舉手了。我也舉手。

「老大！」烏鴉大叫。

「未成年的不行。」林P雖然這樣講，還是給了我一顆藥丸，並補充說明：「弟弟，聞聞看就好，絕對不准吃。吃了，會鼻血流不止的。」

全場爆笑。

我也跟著笑，心裡卻覺得奇怪，他怎麼知道我鼻子過敏、黏膜脆弱，經常流鼻血呢？

廣場上響起了長哨聲。

林P轉過頭看後，手忙腳亂，火速收拾起公事包。

吹哨子的是烏鴉的媽媽，她擔任警察，身材碩壯如同大猩猩。後頭跟著的隊伍有十來個人，都穿著支持村長的競選背心，擎起「2」號的旗幟。

看來，烏鴉媽媽正負責著候選人的維安任務，接獲舉報才臨時趕到天明宮來。

「你媽又來搗亂了？」我問烏鴉。

烏鴉「噓」了聲，又躲到我身後。

烏鴉最怕媽媽了，總是因為成績吃一大頓「竹筍炒肉絲」。他高了我一顆頭，我不知道他打算如何隱藏自己。

烏鴉媽媽用警棍指著林P，問：「哪裡來的？」

「先抓起來。」村長下令。

「等等，我是醫學博士，專程來為大家治療疑難雜症。」林P不停地用手帕擦拭額頭和頸部上的汗珠子。

「沒有執照賣藥就是違反藥師法。」

「這是保健食品，不屬於藥物，沒有毒性，您可以採樣化驗。而且我只是結緣，讓大家試用而已。」

我知道這一定是蔡董面子掛不住去告密的。大人總是輸不起，卻要求小朋友要有運動家精神。

伍老師手捧著塑膠袋，走向前與村長的祕書講起悄悄話，姿態像隻鴨子，雖然滑稽卻可愛極了，同時我注意到，伍老師用怪異的眼神，斜睨了村長一眼。

祕書姓曾，左下頰有顆蒼蠅大小的黑痣，總是習慣性地用手指搓弄黑痣上的長毛。他不理解伍老師為何罩著塑膠袋，臉上滿是疑惑，隨後他轉向村長耳邊匯報起事情。

村長轉變了先前的敵意，迎上前，牽起林P的手，說：「歡迎！我們村子很久沒有醫師了，治病總是依賴神明的藥籤，確實不夠可靠。政府派您來多長的時間呢？」

「弄錯了，不好意思，我和政府沒有關係，我最討厭和官方打交道了。」

「自願？那更好了。村裡能再次有醫師駐診，也算是我的傑出政績。」村長振臂高呼：「2號，當選，當選！」

「當選！」隊伍擎起旗幟，同聲高喊。

「又誤會了，我是迷路才來到這裡。不過只要我在村子待上一天，就會盡心盡力地貢獻自己，有任何事情都告訴我。」

「原來是這樣子。」村長靜默了一會兒，說道：「村子非常需要您，還請仔細考慮一下。」他向大家招手，「走，都到我家坐坐吧！我泡了上等的烏龍茶，還準備了銅鑼燒，我們來好好認識林醫師。在享用點心的同時，我會解決他的住宿問題。」

伍老師三兩下就說服了龜毛的村長，出乎我的意料，人美聲音嗲果然是世界上最難以抵擋的武器。

村長六十多歲，身材微胖，曬黑的皮膚看來就像個老農夫，奇特的是，他一開口卻是尖尖細細的嗓音，急著說話的時候，額頭右邊還會浮凸起一條青筋，個性老實到接近固執，對於村民總是毫不猶豫地提供服務，只是最近死了老婆，精神狀態不正常，經常透過廣播來發洩情緒，變得特別囉嗦。

像哆啦A夢，我最喜歡吃銅鑼燒了。正當我打算跟著大家走的時候，卻看著烏鴉被他媽媽拎回去寫功課。至於阿善伯和他的幾個手下是村長的死對頭，屬於凡仔陣營，當然不會跟著去湊熱鬧。伍老師的口鼻仍然不敢離開塑膠袋，默默地朝著學校的方向走去。

我腳下踢到一團軟軟暖暖的東西，原來是小黑。當我察覺到不對勁，想問林P：「說好的起死回生呢？」這才發現大家都忘了牠。

一隻蒼蠅停在小黑的鼻孔上吸吮，小黑一動也不動。

「走開！」我大叫又揮手，好幫忙驅離。

蒼蠅飛過來又飛過去，靠近我的左手臂，我沒打到，只留下清脆的巴掌聲。最後，蒼蠅停在小黑的尾巴上。

我差點哭出來。

太陽縮躲到雲堆裡，天色全暗了，樹木枝葉左右晃動，蟲鳴鳥叫齊響。聲音有時像彈簧片振動，有時又是高頻的吱吱聲。大片烏雲籠罩著我頭頂，我仍然猶豫不決。就在這時，我摸到口袋裡那變得黏糊糊的黑藥丸。

「糟了！」我喊道，大腿流汗的熱氣讓藥丸開始融化了。我急需找個塑膠袋來將它包裹起來才行。

看著被糊掉藥丸沾黑的右手指，我嗅了嗅，香味中糅雜著苦味，我並不覺得七七四十九種藥材製成的藥丸有特殊之處。

林P該不會是騙子吧？

終於我忍不住，用舌頭舔了一下食指，苦味中帶著甜味。不知道是不是心理作祟，我開始感覺到頭暈。我大叫，「糟糕！」急忙檢查右鼻孔，然後左鼻孔，確定沒有流鼻血後才稍感安心。

我蹲下來注視著小黑，輕輕撫摸著牠的肚子，陽具短短的凸在腹部。當我撬開牠的嘴巴時，看到了牙齒間殘留的肉屑渣。舌頭仍然是紅色，還有呼吸，只是非常微弱。小黑還未完全死去，這點我可以確定。林P「起死回生」的話語在我的耳邊響起。我想，雖然我只有一顆黑藥丸，占紅藍黃黑的四分之一，服用藥丸的比例也不對，然而，聊勝於無吧！

我將黑藥丸小心地放在小黑的舌頭下方，又幫牠把嘴巴合起來。

大雨落下的速度比想像中快，雨滴像彈珠一樣大，打在身上都會痛，烏雲下方劈來張牙舞爪的閃電，雷聲轟隆隆地接連不斷。我看了小黑最後一眼，用跑百米的速度衝回家，進到家門前麵攤的時候，才發現忘記買衛生紙了。

2

聽說，當初我爸爸和林Ｐ一樣，都是開著破舊的吉普車，在颱風過後的大雨天闖進村落。我媽說：「那天正中午，從天明宮註生娘娘處走出來，我不小心滑了一跤，剛爬起來，就碰到了你爸爸，他的樣子很嚇人。」她說的時候邊拍著胸口，彷彿在回想那個驚險的時刻。那時的我爸想來十分狼狽：吉普車的遮雨棚壞了，他淋了兩天的雨，而車子涉水後在摩天輪附近熄火，他走了一點五公里的山路才進到村裡，我媽則是他這兩天中遇到的第一個人。

「就像山裡跑出來的野獸。」我媽這樣形容。

摩天輪，沒錯，我們村子裡有一座巨大的摩天輪，矗立在山麓的溪流旁，那是為了促進觀光而建立的。我家經營著一家民宿，而民宿廣告單上的主角是兩歲的我。我拿著棒棒糖，泡在木製浴桶裡。背景是溫泉散發的氤氳霧氣，右上角窗戶遠眺出去的風景就是轉動中的摩天輪。摩天輪原本是七彩的，歷經風吹日曬後，現在已經褪色鏽蝕。

我想不透的謎團是，在豪雨成災的颱風天裡，我爸爸為什麼要跑到深山裡來呢？我媽搖頭，表示不知道，或許她只是不想回答而已。她告訴我：「你爸爸是一名吉他手，留長頭髮，閉著眼睛搖頭晃腦，手指按著超難的和弦，不是我花痴，真的帥透了，Handsome！」

看來他在我媽的面前還表演過。

「讓我看照片嘛！放心，我不會去找他的。」

「相機根本沒有拿出來，怎麼會有照片？我只是要他的健康精子，生下可愛的Baby而已，他在村裡住了兩晚就離開了，沒有留下聯絡方式。Anyway，留也沒有用，他用了假名字。」

我媽一時興起就喜歡將英文單字夾雜在中文字句裡，以顯示High class。我覺得這樣很土。而我爸的五官立體應該是沒錯的，否則，我的濃眉大眼是遺傳誰的？我媽的頭腦好，名字也夢幻，叫做「孔若云」，反差的是有一張肉餅臉，身高不足一百五十公分，朝天鼻還略有點暴牙。每次照鏡子擠青春痘時，我都暗自慶幸，好險啊！

「為了給你最好的遺傳，我孔若云是用盡苦心。那時候村裡遭受到核子輻射汙染，村裡男人的精子不是斷尾就是斷頭，我只能犧牲自己，設計了你爸爸。」我媽說。

輻射汙染指的是山頂上的「國際能源研究中心」在十多年前發生的一起意外事件。據傳，在某個晚上傳來了爆炸聲，引起了一場火災，幸好沒有造成人員傷亡，當時也沒有引起太大的關注，地方報紙報導的篇幅也不多。然而半年之後，村子卻像是受到詛咒，不分老小，生病死亡的村民像土撥鼠般，一個個地鑽冒出來。

我家和王小華家位於野溪兩邊，都是藍色的房子。那是五、六十年前由一對孿生兄弟建造的。這對兄弟是異卵雙生，一個高，一個矮，一個胖，一個瘦，這樣的身材組合倒是像我和烏鴉。奇怪的是，隨著時間的推移，王小華家變得老舊許多，外牆爬滿了藤蔓，而我家民宿仍然保持著藍色的亮麗。原本二樓有簡便竹梯可以連通，但之前兄弟為了遺產爭吵，竹梯在一夜之間被拆除了，這讓我與王小華的聯絡得多費些功夫。王小華家經營戲院，近幾年村裡的觀光客大幅減少，她家的經濟當然好不到哪裡去。為了維持生計，轉型播放小電影也是不得已的選擇。

溪流湍急，水量在季節間的差異極大，尤其是在下午四點以後常出現霧氣彌漫的情況。循著野溪往上走，就會進入一條林相變化劇烈的步道，沿路箭竹、鬼芒或濕答答的蕨類交錯，五顏六色的野菇從腐朽的樹木中冒了出來。聆聽著淙淙水聲，往遠處眺望，連綿山脈的積雪終年不化，與大片的白雲連成一幅寬廣壯麗的景象。而如果右轉繞過溪道的險彎，眼前就會出現一片大草原。冬天時的梅花林綻放著粉紅色的花瓣，與遠處山頭上的白雪相映成趣。

摩天輪就位在草原的溪流旁。

我偷看過王小華的作文簿，她寫著大草原是她最喜歡的風景，希望當白血病得到控制後，能夠去那裡野餐，享受童話般的靜謐。「和最好的朋友一起乘坐摩天輪將是全世界最快樂的事情，而我想坐在紫色包廂裡。……」

雖然我小時候經常拉王小華的辮子，我希望她最要好的朋友指的就是我。

小學二年級時，王小華坐在我旁邊。我在左，她在右，木桌的中間被我用刀子劃出了一條叫做「楚河漢界」的刻痕。我用短尺量過好多次，左邊長五十點五，右邊則是四十九點五公分，兩邊些微的不等長是我故意的。王小華喜歡將頭趴低，伏在桌上寫字。每當她的手肘越過中線，我就用鉛筆尖刺回去，因為我一開始很討厭她。王小華太喜歡跟老師告狀了。

有一次，校長巡堂，站上教室講台又要開始訓話時，出現了一隻蟾蜍，跳著跳著竟然躲進了校長的長裙下。校長尖叫，全班爆出一陣笑聲。

「青蛙，誰抓到學校的……」校長在慌亂後將眼鏡戴正，食指指向底下的學生。

全班的學生都低頭，只有王小華坐得挺直。

校長說：「王小華，來，誠實地告訴校長。」

「完了！」我摀著臉，心裡痛罵，「蟾蜍、青蛙都分不出來，比我差，校長應該由我來當才對。」

王小華站起來，深吸一口氣，說道：「牠早上自己跳進來的，一直躲在黑板下面。」之後，她對我眨了眨眼睛。

就因為這個表情，我開始瘋狂地喜歡上她。

小學四年級的王小華是個運動健將，笑聲爽朗，皮膚呈現發亮的古銅色，下課時常拿著掃帚恰北北地追打我，一邊罵著：「孔澤明！不要跑。」這樣的陽光女孩怎麼會生大病呢？打是情，罵是愛，可是我又想到，摩天輪已經壞掉很久了，我一個小孩要如何實現她的願望呢？而不會轉動的摩天輪和壞掉的時鐘一樣很觸霉頭，我越想越是心驚。

沿著山勢，再往右走約莫十分鐘，就可以看到三個又胖又高的圓桶狀設施，漆成了白色，排列成大三角形，而位於中央的方形清水混凝土建築就是「國際能源研究中心」的入口。前方的告示牌「危險勿入」已然倒塌，而圍籬內的館名招牌，也早不知所蹤。

小學五年級我就把這裡摸熟了。方形建築是操作室，設備已經清空了，只剩下一張不知道為什麼沒有被搬走的椅子。偶爾會有蟑螂、老鼠突然蹦出來，還有發出嘖嘖聲音的壁虎，後方的牆壁上留有火災後的黑煙汙漬。

有一回，烏鴉拿出口袋裡的白色和黃色粉筆，分別在牆上寫下了「大」和「木」兩個字。

「什麼意思？」我問。

「哪有！」烏鴉說：「就是筆劃簡單，鬼畫符，學偉人題字。」

「奇怪，你變有趣了。」

小六的時候，我和烏鴉勇敢地攀爬上那不知道用途的大圓白桶，試圖解開驚世的祕密。我費了九牛二虎之力，還差點中暑，最終發現裡面空無一物，已經被水泥完全封死，宛如三座豎立的石棺。

「沒有留下線索，厲害的撤退行動，這單位不簡單。」我說。

「當然啊！『國際能源研究中心』，國際的，比國立的還棒。」烏鴉豎起大拇指，「我爸說，那時候有不少外國人來這邊工作，也包括了黑人。」

我「嗯」了聲，心裡並不認同，主要是因為烏鴉的爸爸是算命仙。我媽媽提醒過我，「算命的嘴巴常常胡說八道，死的都能說成活的，白的當然也會說成黑的囉！」

「老大，你的輪廓深，膚色黑，伯母從來不說出你爸是誰，她又三不五時講英文，會不會你爸是個黑人？」

「黑你的頭。」

「我長大，變聰明了。老大，你不要生氣，黑人沒有不好，像麥可．傑克森就賺很多錢。」

「白痴，他是白人。」

「伍老師說，麥可．傑克森是漂白的。」

醫療科技可以讓人的皮膚像蝴蝶般的變色？這聽起來讓人難以想像。但既然烏鴉提到了伍老師，我也只能投降了。伍老師曾經出國留學，這像她會聊起的話題。至於我爸的身世，烏鴉已經猜測過政府官員、明星，甚至是逃亡到山區的殺人犯，現在竟然將腦筋動到黑人身上，真是匪夷所思。

「政府把『國際能源研究中心』建在深山裡，出入不方便，怪！有陰謀。」烏鴉說。

烏鴉最近迷上推理小說，動不動就是詭計陰謀等阿里不達的。我說：「怪在哪裡？」

「能源中心其實是一座核電廠，他們在裡面研究核子武器，這是我猜的啦！但是發生了爆炸，造成——」

「爆炸怎麼了？」我打斷烏鴉說話，罵他：「講話時要張大嘴巴，不要像含著滷蛋一樣咕嚕咕嚕，門牙掉了，已經漏風，再ㄓ、ㄔ、ㄕ、ㄖ搞不清楚，聽的人都快抓狂了。」

「老大教訓得對。我再說一次，他們在研究武器時不小心爆炸了，造成核能外洩。」烏鴉一字一句慢慢說，矯枉過正，反倒像個機器人。

「我讀過科普圖畫書，裡面提到核能發電產生的熱氣需要用大量的水來冷卻，而山裡的那一點野溪根本不夠用，所以不可能是核電廠，核子武器就更別說了。」

「不是核子武器，那搞什麼神祕？」

「我猜是這樣子。村裡有日本人埋的寶藏，他們戰敗的時候來不及搬走，能源中心的人員是掛羊頭賣狗肉，實際上他們真正的目的是挖寶。」我歪頭思考了片刻，接著又說：「另外一種可能是這個研究中心確實存在，他們需要特殊元素來進行能源的開發，而村裡就藏有稀少的礦石。」

「所以挖完寶藏，他們解散了？」

我點點頭。

「可是……我忘了是誰告訴我的，『國際能源研究中心』的運作過程會造成嚴重的汙染，為了讓大家不要說閒話，他們才花錢蓋遊樂園。」烏鴉繼續說道：「但是大人都在騙人，遊樂園裡只有摩天輪、旋轉木馬和碰碰車這三樣，賺不了錢，當然就倒閉了。聽說原本的二期計劃要增加一隻大雷龍，希望遊樂園能夠起死回生。雷龍非常特別哦！彎下的長脖子把入口圈起來，變成半圓形的門，小朋友還可以爬上去溜滑梯。」

「那，恐龍呢？」

雖然烏鴉稱呼我為「老大」，但有些小地方，我也不得不佩服他。瘦瘦扁扁的在人群中引不起關注，卻像個特務，探知到許多祕密。

「恐龍腳太短，不能爬山，在山上出現不符合科學精神，所以老處女校長反對，最後就算了。」

「唉！我最喜歡恐龍了。老處女一直留在村子裡，不調回平地，還專門欺負伍老師，你猜是為什麼？」

烏鴉搔抓著頭髮。

「這個問題，我昨天想通了，答案就是校長愛上了村長。」

「真的？」烏鴉激動地搖晃著我肩膀，說：「老大偷看到他們在親嘴？哈哈！原來是到你家開房間。」

「沒有啦！我家快倒閉了，這星期連一隻蒼蠅也沒有。為了不餓死，我媽只好賣麵，我切滷味切到手都受傷了。他們的關係是我猜的。」

「一定有理由。」

我沒有回答。為了轉移烏鴉的注意力，我問起遊樂園的話題：「你搭過摩天輪嗎？」

「有啊！有張坐在摩天輪裡比Ya的照片。那時候我五歲，可是現在完全沒有印象了，不好玩，才會忘光光。我跟老大一樣喜歡恐龍，特別是會飛的翼手龍，翼手龍就沒有爬山的問題了。」

「我沒搭過，不知道王小華有沒有。」

烏鴉知道我和王小華的關係。那時候，王小華已經病到無法到校。在那一瞬間，沉默籠罩了我們，我們彼此間找不到適當的話語聊下去。

我媽的個性風騷貪玩，為了逃離我阿公阿嬤的控制，她遠走山上，應徵為摩天輪的第一任售票員。懷孕後，她的個性有了轉變，變得勤儉持家。肚子裡的我卻讓她時時刻刻想躺在床上休息，賣票因而遲到了兩次，被炒了魷魚。村長夫人是我媽的閨密，她將閒置的藍色屋子改裝成民宿，交給我媽來經營。我上國一那年，村長夫人生病過世，村長暫時沒有收回屋子的打算，但是我媽盤算著，民宿的生意每況愈下，靠著村裡偷情的男女和見不得光的肉體交易所賺取的費用，並不足以支撐我們的生活，於是兩個月前她開張了自己的麵攤「呷飽」。

「伯母的麻醬麵還可以，陽春麵很普通。滷味是老大切的，所以特別好吃。」烏鴉巴結我。

烏鴉比我早五天出生，三歲時，我們一起玩彈珠。四歲時，在野溪比誰家的紙船跑得快，我不顧烏鴉的勸告，往水深的地方走去，果然滑倒落水，高燒退了後，挨了我媽一頓打。印象中，那是她最後狠狠揍我的一次。五歲時，我媽申請了我的提早入學，並不是因為資賦優異，而是她沒空理我，烏鴉從此小我一個學年。我小學三年級開始教他算術，讓他考數學時不必無聊到一直畫烏龜。他依照承諾，叫我「老大」，雖然他比我高、比我老成，也比我早長青春痘。有一回，我們走在田埂間，我看著我倆月光的剪影嚇一大跳，以為是七爺八爺出巡。

村裡的國小和國中位於同一個校區，都是老處女管轄的。因為學生少，加上聘請老師不易，隨著遷村議題的醞釀，廢校是遲早的事。但是我想，管他的呢！再兩年，我就畢業了，烏鴉遇上麻煩的機率比我大很多。他都不急，我在煩惱什麼。

校長四十多歲，也許她年輕時愛漂亮，擠太多青春痘了，臉頰像月球表面坑坑疤疤，右下方有一個特大的隕石坑。她戴著四方厚框眼鏡，又凶又愛瞪人，整體看來比實際年齡還老一些。她永遠穿著暗紅色系套裝，和陰沉的性格相配，很少與村民交談，卻常常訓誡學生和老師，而其中最漂亮、性格最良善的伍老師被罵得最凶。

校長每天六點五十分開校門，七點十分為草皮澆水，八點升旗，十二點四十分午休，二十分鐘後不用鬧鐘會自動醒轉，下午兩點二十分在茶水間泡枸杞菊花茶，四點半學校降旗，下班路過我家跟我媽點頭招呼時是五點鐘整，卻吝嗇得不曾買麵。

「老處女」這綽號不知道是誰開始叫的，因為貼切，被流傳了下來。

「她真的是處女？」烏鴉問。

「這麼醜，男生都會搖頭。」我認真思考了五秒鐘，又以更加肯定的語氣說：「一定是，不會有錯。」

「她不難看啊！老大，你想像一下，如果她眼鏡拿下來，再稍微化妝一下，立刻變成美女。」

「也對。伍老師教我們要獨立思考，她是不是處女，天知道！老實講，也不關我們的事。」

「那，伍老師呢？」烏鴉先左右確認並無旁人，然後將聲量變小，一副要說出大祕密的猴兒樣。

「你問伍老師是不是處女嗎？不要豬哥，好不好？」

「老大，這樣我就混亂了。為什麼校長能，而伍老師就不能討論呢？」

「算了！一定是，她那麼清純可愛。」

「那可不一定。」烏鴉不只搖頭，還拚命搖。

我瞪著烏鴉。為了伍老師，我已經跟烏鴉打過兩次架。為了不被安上見色忘友或欺負小弟的罪名，我不想再出手了。

「她的聲音會勾人，正常的男人早晚會掉進伍老師的洞裡。」

「什麼洞？」

「別想歪了，就是我們挖陷阱的洞。其實也可以啦，昨晚我媽還特別警告我爸要小心一點。」

「你爸？不要跟我開玩笑。」

烏鴉跟他爸爸都是畏縮的竹竿樣，我想像了烏鴉媽媽那虎背熊腰的身形和他爸爸在床上翻滾的場景，那種泰山壓頂，男女身材的不對稱，我開始笑得趴在地上站不起來，就不再跟烏鴉計較了。

而烏鴉不明白我為什麼笑，竟然也跟著笑個不停。

村長夫人病重的那年，校長經常去探望，稱之為關心，可是我對校長的動機是心生疑慮的。因為探病，我媽和校長變得熟識，我希望我媽見到校長時能替我講幾句好話，因為那時我把拖鞋踢到教室的日光燈架上，被校長罰寫了三篇「如何避免調皮行為」的作文。

「Sorry！我們聊不起來，氣場不合。她太嚴肅了，但是個好人。」我媽說。

好人個屁！我快吐了。

校長負責學校的招生工作。然而近年來搬離村子的家庭不斷增加，這股趨勢就像山崩一樣無法阻止。我的好朋友美琪、俊育、薇如、育哲、承諺、睿昱、曉如，對了，還有邦泰，都紛紛轉學離開了，其他年級也是如此。我剛進國中時，在操場上升旗的學生已經寥寥可數。國一的最後一天期末考結束後，當我走出校門，回頭看著司令台上那沒有國旗的旗桿時，突然意識到等我暑假結束再回到校園時，國中部只會剩下五個學生：兩個國三的學長，國二是我跟王小華，而國一新生就只有烏鴉一個人。

計劃趕不上變化，七月才過了沒幾天，王小華也離隊了。

而在國二上學期的後半段，又發生了一個我從未意料到的情況，那就是我也必須離開村子。因此再過半年，當原本的國三學長們畢業後，國中部只會剩下烏鴉一個人。

我媽抱怨我，青春期之後長高到接近一百八十公分，卻變得滿臉痘痘陰陽怪氣，不怎麼說話，像個啞巴。她猜測那是我轉學到山下後不太適應的關係。

要怎麼回答適應或不適應的問題呢？其實還好的，除了都市和山上那至少有攝氏五度的溫差。我從小習慣了涼冷的氣溫，所以儘管寒流來襲，我仍然穿著短袖短褲到便利商店買茶葉蛋，偶爾投十元坐了一回診所外頭的搖搖馬。可是都市的距離讓我不再能步行上學了，一大早在挨挨擠擠的公車上，聞著乘客的漢堡、煎餃和奶茶的味道，背著文言文，不久後，我近視了。放學時，我得趕搭另一號公車去補習，因為高一下學期的第一次段考數學考試得了紅字。在公車行進的過程中，我常常因為頭部碰撞到車窗而從打盹中驚醒，當看到太陽在道路盡頭落下，染得大地一片通紅時，我總是感到難以言喻的寂寞。是啊，我已經很久沒有交到好朋友了。值得慶幸的是，城鄉的差距並沒有讓我的英文學習出現障礙，思前想後，那也許和伍老師那雖然短暫，卻講究朗讀的教學打下了堅實的語感基礎，有著不小的關係。

為了解決我不喜歡說話的問題，我媽強拉著我找神婆收驚。

那是一處窄巷內的宮廟，觸目所及都是黑色煙燻。我不情願地走進去，一隻綠眼睛的黑貓盯著我，而我只顧看著牆上寫著「神乎奇技」的匾額，之後就開始瘋狂過敏咳嗽和流鼻水。

神婆用紙錢將小碗上的米壓平，把我的體育服蓋在上面，點了三炷香，用香腳輕輕觸碰我的額頭，在神明前唸著一串我聽不懂的話語。緊接著，神婆揭開衣服，看著米卦說：「髒東西在東方，被嚇得不輕，三魂六魄掉了一魂三魄，而且已經有好一陣子。」

「對，快要兩年了，從轉學開始的。」我媽回答，我這才從她的語氣知道她的驚惶如此嚴重。

「應該更久才對。」神婆說。她開始向神明叩首，懇求著神人之間的對話。

「什麼東西這麼厲害？」我媽問。

神婆皺起眉頭，專注地看著在場的每個人，現出了鬥雞眼，彷彿正穿越時空，一一探查過往的事蹟。宮廟內靜謐無聲，只有我吞口水的聲音，約莫過了三分鐘，神婆說：「太模糊了，不清楚，好像看到人形。」

「人形？」我媽回想了許久，「不會是『生命教育館』裡的雕像吧？」她對我說：「阿明，你參觀回來後一直說噁心吃不下飯，那裡面一定躲著不乾淨的東西。我當時就說，搞那些做什麼，誰知道以後會怎麼死，政治人物都太無聊了。」

我沒有回答，只是又抽了一張衛生紙，擤出一大坨的黃色鼻涕。

「媽媽別擔心，燒掉淨符，然後將灰燼丟入半冷半熱的『陰陽水』中，喝掉一半就沒事了。」

神婆還是有點能耐的。我不知道她那籠統的「人形」指的是什麼，事實上是從升上國二開始，那時候我還住在山上就不太愛說話了，在家裡一天平均沒有講超過五句，其中兩句是「媽，我上學了！」和「媽，我回來了！」。符水當然沒有效果，這種狀態一直持續到高二下學期，直到我和一位交往了大半年的大學生分手之後，又過了幾個月，才好轉一些。

我搬家後，和烏鴉通了幾次信。烏鴉總是錯字連篇，他在信中提到他很想念老大，有時候半夜會哭，還問了我五道數學問題。他也報告了伍老師回到山上取回私人物品時發生的一些令人難以理解的事情。我並不想深究，也就忽略不理，畢竟我已經離開了山林，那和我就沒有關係了，不是嗎？後來我抱怨烏鴉，現在是網路時代了，大家都是用LINE、IG或Facebook來聯絡，寫信是古代人的行為。

烏鴉回信說：「村裡太落後了，村長開的支票都跳票，因為他腦袋阿達了，整天躺著，當然什麼事也做不了。電信公司無厲（利）可途（圖），不想改善這裡的網路訊號，我沒有辦法。我爸爸認為山中的靈氣有助於跟未來的人交換情報，不想離開，而我媽找不到可以互吊（調）單位的人，所以無法像老大一樣，說搬家就搬家。」

寫著寫著，我和我媽又因為房租的問題，換了幾次住所，和烏鴉就失去了聯絡。到底是誰寫最後一封信被已讀不回，我也搞不清楚了。

村裡觀光客稀少和遊樂園不好玩並沒有關係，卻和村裡人口的凋零一樣，是受到「國際能源研究中心」核子輻射外洩的消息所影響。那究竟是謠言，還是事實呢？我媽說，在我還小的那陣子，政府官員穿著白色兔子保護裝，手拿探測器來來回回，產生了不下十篇研究報告，在在顯示「背景輻射沒有超標」。但是，村子裡那十年間老老少少死了不少人，又該如何解釋呢？

流行病學家說，是由一種未知的變種病毒感染所引起的。

（村民質疑：那為什麼當觀光客回到他們的工作崗位時，沒有進一步的傳染災情傳出？）

公衛學家解釋，村裡的衛生狀況不佳，山區的溪水遭受到汙染，這對人體內臟產生了長期影響。

（村民質疑：那為什麼汙染的溪流裡，還有游來游去的魚、活蹦亂跳的蝦，以及晃來晃去的蝌蚪？）

胸腔科醫師認為，肺結核造成了一種緩慢但規模龐大的傳染，這才是主要原因。

（村民質疑：現代醫學已經可以有效治療肺結核，它不再是絕症了吧？）

家庭醫師則指出，村民普遍缺乏運動，而且罹患高血脂、高血糖或高血壓等代謝性疾病，這才是問題的根源。

（村民質疑：不要開玩笑了，我們每天上坡下坡走來走去，這叫缺少運動？）

總之，村民對這些專家沒有太多信任。每次專家來到村子，總是以親切的口吻，表示願意與村民攜手合作，全力解決問題。但是幾天過後，他們就像一陣風一樣匆匆離開。臨行前，夾雜著英文術語，冠冕堂皇地宣稱自己做出了重大發現。儘管村民們對此感到疑惑，仍然善良地為專家舉辦告別餐會。

「國際能源研究中心」在村民的抗議下，在我四歲那年被政府裁撤了，而搬不走，疑似核子輻射的汙染源，被要求灌注大量的水泥，以永久封存。

王小華在五年級時被診斷出患有「白血病」，疾病初期一直發燒不退，休了一個月的病假，才終於回到學校。當老師在講堂上宣布這個病名，並要我們鼓掌為王小華加油時，我心想，「慘了！血液變成白色，那還能活嗎？」

在課間做體操的時候，王小華又流鼻血了。我對處理這個問題很有經驗，因為我的鼻子過敏，黏膜脆弱，三不五時就來一下。我走過去，本想直接按住她的鼻根處幫忙止血，手卻又縮了回來。男女授受不親，同學在旁邊看著，我有些尷尬。

我要王小華不要怕，學我的動作，用力加壓三分鐘，這樣就可以搞定了。

我遞給她的衛生紙瞬間就染紅了，血液還滴到地上，我的心情反而安定了下來。

「血變成紅色，你的白色血液的病就快要好了。」我說。

王小華露出久違的笑容。她已經有好一段時間沒有在陽光下活動，皮膚變得蒼白，臉部也浮腫，整個人全換了一個模樣。

「王小華，我再也不會拉你的辮子了，以前的我太壞，真的對不起。」我用小到像蚊子飛的聲音道歉，吞吞吐吐地說又停停。

「孔澤明，你沒有注意到我的頭髮嗎？這麼短，像桃子皮上的毛，我不能再綁辮子了，以後可能會全部掉光哦！」

王小華看著我的眼睛，我被她注視著，更加感到羞愧，頭垂得更低了。

後來我當然知道，白血病不是指血液變成白色，而是白血球產生了病變，導致異常細胞的大量增生，連帶著紅血球和血小板這類造血系統都受到影響。但是知道了又如何，更加擔心，罪惡感更加深重而已。

這一切都是因為我讓王小華吃了鮮豔毒菇的汁液所引起的嗎？

去年，伍老師初來到村裡，看到王小華的光頭，淚水瞬間在眼眶打轉，之後衝到廁所待了十分鐘才出來。王小華出殯那天，伍老師反倒一句話也沒說，有好長一段時間，她離開了送葬隊伍。我經由捷徑爬到高處，朝伍老師的視線望去，就看到了摩天輪。

我媽從公祭回來，說：「輻射汙染了王小華爸爸的精子，現在的悲劇早就註定了。阿明，你想像一下，蝌蚪斷了尾巴，就不會變成Frog。在肚子裡的王小華就帶著這顆炸彈，爆炸只是時間的問題，這也是我要幫你找到一個健康爸爸的原因。我講過很多次，你們都不信，那時候村裡追我孔若云的比一卡車還要多，通通被我Reject。」

我媽是一個好媽媽，喜歡豪邁地自稱自己的名字，在困境中，她絕對是能夠生存下來的第一名，可是我並不相信有多少人愛慕她，她太善於編造這種生活中的小故事了，我甚至對我爸爸是在颱風大雨中出現的戲劇化情節都感到懷疑。在我小時候，不就有一個我媽喜歡的「太陽餅叔叔」跟野女人跑了嗎？我照例對我媽搖頭，對她的吹牛表示不贊同。然而，在國中以前，我對我媽「蝌蚪斷尾」的推測是深信不疑的，這樣可以減輕我的罪惡感。只是後來隨著生物知識的積累，我發現這樣的邏輯是狗屁不通的。最大的荒謬在於，卵自出生起就留存在女生體內，所以受到的核子輻射影響，絕對不會比以天計數代謝的精子還來得少。

現在，我坐在醫學院的教室裡，等待著下午兩位教授的面試，因為二月份公布了大學入學考試的學測成績，我的國文和數學分數各掉了一級分，只通過了一家醫學院的篩選門檻。換句話說，如果我日後想成為醫師，就必須把握這唯一的面試機會。聽說以前的聯考時代並沒有口試，志願的取得完全依賴分數的高低，而這樣的缺點是，招收到的醫學生也許在考試中表現優秀，但在待人接物方面，卻存在著嚴重缺陷。

醫學院口試的種類繁多，除了「自我介紹」測試考生對於醫療的興趣外，「基礎醫學知識」以及「兩難生活情境」都是被命題的內容。舉例來說，教授曾經問：「今天是醫學系的授袍典禮，往年都是由班代來統籌主持，可是你的班代好友竟然溜去參加女朋友的畢業典禮不能前來，身為副班代的你，要如何因應呢？」

這問題我真想回答，那種人的品行超出了我的接納範圍，如果班代會選到這種人，是全班瞎了狗眼，雖然倒霉，但是活該。不過，在考場上我必須假裝以「同理心」為主軸，思考他會做出這樣決定的原因：也許是跟女朋友吵架了，非得參加女友的畢業典禮才能夠挽回戀情。我還需要自信地闡述，作為副班代，我早已做足了準備，隨時能夠上場應對。

另外還有「問題導向學習」的分組討論，這拗口的專有名詞英文全名是「Problem-based learning」，縮寫為ＰＢＬ，目的是觀察考生的團隊合作能力。教授們也會針對「書面審查」的資料來進行提問。這確實是必要的，像我根本就不相信班上那個從來不參與團體活動的自私鬼，除了補習還是補習，哪裡有時間，又如何有能力做出「以CRISPR/Cas9 編輯技術探討Laccase2 基因對於台灣鳳蝶翅膀呈色之探討」，這樣獲得金牌獎的科展題目？也許我是嫉妒吧？因為我連題目都看不懂。而這類稍具分量的成果，幾乎都是「人脈」與「金脈」疊加的產物。

只是我不禁懷疑，僅僅在十五分鐘的提問中，教授們就能夠分辨出考生回答中的真假？而透過簡單的閒聊，教授們便足以判斷我是否適合當醫師？這太神了。我曾經花了很長的時間自我探索，仍然無法了解自己。

而對於這麼多的面試內容，對於像我這樣來自偏鄉、家境不佳、學習歷程單薄的人來說，準備起來頗有難度。我安慰自己，面試是展現自我的機會，既然我對生命充滿熱情，待人真誠，我相信我是絕對沒有問題的。

但是，我的高中同學田翊均警告我，社會的運作並不是我所想像中的那樣。他說：「你太單純了。」說完之後，負手離開，彷彿一個老學究。

我焦慮地抱著考古題苦讀。在午後的陰雨天，一個有趣的題目跳進了我眼前：

一個離島，近年來罹患癌症的村民暴增，又因為衛生觀念的不足，產生了癌症是一種傳染病的說法。又有流言指出，核子輻射汙染了農作物，滲入飲用水中，進而導致大量病患的發生。

如果你是醫師，要如何進行研究，以判斷這離島的問題是否與輻射汙染有相關呢？

這不是我們村裡發生的情況嗎？難道是教授們來過村裡調查，有感而發地將臨床情境轉化為學生的考題？而為了避免媒體聯想產生不實的報導，特意將地點從山麓轉換成島嶼？

我不禁想像自己是五十多歲的中年人，身分是功成名就的醫學博士，衣錦榮歸要來解決村裡的問題，就像一隻回鄉的端紫斑蝶。除了探測水源和土壤是否有核子輻射的殘留外，我還能做什麼呢？應該可以採取「橫斷面研究」。所謂「橫斷面研究」指的是在同一段時間內，比較同一個年齡層罹患疾病的狀況，因此，我可以調閱五十至七十歲這年齡級距的公共衛生資料，來比較「現在」與「十五年前」的癌症發生率有否不同。十五年前「國際能源研究中心」還沒有設立，可以作為比較的基準點，而之所以規範在同一個年齡層，是因為年齡永遠是疾病發生的重要變項。

這方法是田翊均教我的。田翊均是個怪人，他苦惱的竟然是學測滿級分，而面試前，我冒用田翊均的身分到補習班上課又是另一段故事了。話說回來，使用了橫斷面研究來調查村裡的流行病學狀況之後，又該做什麼呢？接下來，我的腦筋就一片空白了。原來我是一名草包博士。我苦笑，只好看了參考答案：

必須調查離島村民罹患甲狀腺癌的比率是否提高，因為碘-131是輻射物，在被甲狀腺攝取吸收後會大幅增加癌症的發生率。另一方面，也必須注意胎兒的畸形率是否竄升。以上兩點，都是輻射汙染後的可能表現。

印象中，村裡的甲狀腺癌罹患率並沒有增加，也沒有哪家的小孩是斷手斷腳、沒有屁眼的。很多事往往只是巧合，而流言的散播變種卻比傳染病還要厲害。村民自己嚇自己，一戶搬完，換另一戶，日積月累，人口減少到經濟規模崩潰的程度，而殘存的住家無法安居樂業，也只好搬離了。「國際能源研究中心」也許一如聲明，他們的業務和核子反應八竿子扯不著關係，當然不會有後續輻射外洩的事件發生。民粹讓人弱智，政治人物利用民粹來達成私欲，而當我們清醒過來時，卻發現，一切都來不及了。

3

廣播測試，大家早（哽咽聲）！幾個月前，我在醫院裡陪伴我的內人走過人生的最後一段路，感觸很多。大家知道我的意思嗎？那種感覺很難說明白。今天是她過世的百日，我在這裡，再次感謝大家的關心。

林P來到村裡的第三天，恰好是「生命教育館」開幕的日子。早上六點鐘，我就被村長的廣播聲給吵醒，心裡暗罵一聲，這也才知道，今天是村長夫人的百日。

「生命教育館」是那一年暑假校外教學的地點。自從我參觀回來之後，我媽說，我整個樣子都不對了。她的意思是我中邪了。這樣說，雖然有點時序混亂，但也沒有完全錯，我確實在煩惱老去的時候，到底要選擇哪一種方式來死掉比較好，而會有這樣的困擾，是因為村長在本月初宣布了以下規定：只要是年滿十八歲的村民，都必須參觀「生命教育館」，並回答以下兩個問題：

第一題，死亡前的情境可以分類為肝、心、脾、肺、腎的衰竭，我們以青、赤、黃、白、黑五種顏色來代表，請問您希望先壞掉的是哪一個器官？

第二題，如果器官完全壞掉，您是否願意接受病危時的插管治療？而心臟按摩或電擊這類侵入性的急救措施，您希望進行，還是不進行？

年底前，未對上述問題回答的村民，將被處以罰款兩千元。

我思前想後，無論是肝、心、脾、肺，還是腎的衰竭，都不是好事情，而如果死亡的樣態如同「生命教育館」裡展示的那樣，那真的太可怕了。然而，我還未滿十八歲，村長所制定的規定是針對成年人的，我並不需要過於擔心。但是我又想到，死亡是每個人遲早都要面對的問題，而學校考試裡各科我都是第一個交卷，怎麼對於這兩個選項並不複雜的問題，我竟然像便祕一樣擠不出答案來，這讓我感到沮喪和心煩。

就在這個時候，耳邊又響起兩天前林P那語重心長的警告話語：「幾年內，你將有三長兩短。」我的心跳加速，背部冷汗直冒，這樣的不適是近兩天來的第十次了。我將自己關進浴室，翻開眼瞼，並轉動著眼珠子，在鏡子前反覆檢查。「眼睛沒有異樣，太棒了，沒有眼蟲了！」我心裡吶喊。五分鐘後卻又不得不面對現實，內臟的蟲如果沒有被林P用內功逼出來，當然什麼都看不到。

我媽賣麵的空檔進到屋裡，敲了浴室的門，「阿明，你關在裡面做什麼？又不舒服了？」

前天普渡廟前的聚會散去後，我花了很多時間在營救小黑。當我回到家裡時，天色全暗了，在此之前，有四個人來我家，告訴我媽我罹患了眼蟲的壞消息，其中一個人竟然是老處女校長。她不在現場，是如何得知的？讓人嚇一跳。反倒是伍老師並沒有出現。從那天起，我媽看我的眼神就憂心忡忡的。

「沒事，沒事的！」我回答，突然，右上腹部一陣癢，就像有蟲在蠕動。

我洗把臉，故作鎮靜地走出浴室，進到房間裡，打開抽屜，深吸一口氣，從我的祕密餅乾鐵盒中，取出福馬林瓶，凝視著裡面那些肥滋滋的眼蟲，真想問，你們到底是從哪裡來的？是我爬上「國際能源研究中心」的核子反應爐，造成器官受損，才使得你們有機可乘？而內臟器官中哪個最好吃呢？肺臟白白軟軟的像一團爛豆腐；腎臟雖然Q彈，應該全是尿騷味吧！而心臟動來動去，該如何咬下去？我體內到底還有多少隻蟲沒有被取出來？如果這兩天交配後又產下一大堆卵，我就死定了。

追根究柢，死亡是怎麼一回事？像王小華被埋在泥堆裡，時時刻刻遭到細菌分解就是死亡嗎？今天是村長夫人過世的第一百天。百日，這個在大家心目中存在著特別意義的日子，難不成就是屍體分解完成的時候？

校長規定每個學生必須繳交六百字「生命教育館」的參訪心得。結束校外教學後，下午回到家，我想先完成這項作業，幾個小時過了，卻只擠出十七個字，過敏的鼻子倒是擤了滿桶的衛生紙，外加撕掉了五張稿紙，這讓我心煩意亂，我乾脆到外頭的麵攤幫忙。

夜晚七點多，細雨中吹著微風，路燈下的雨絲閃爍著光芒，左方暗處傳來青蛙的鳴叫聲，而右邊的牆角洞穴竄出一隻老鼠，黑貓走了幾步又閉起眼睛，一點也沒有理會老鼠的存在。騎樓裡的麵攤冒出蕈菇狀的水蒸氣，把「呷飽」的招牌弄得朦朧不清。

我忍不住將煩惱說給我媽聽，她正忙著給阿善伯下餛飩。事後回想起來，那是我在山上最後一次跟她講心底話了。

「林教授的藥很有效，不要亂想，Take easy！」我媽停下舀湯的動作。

我告訴她，我煩惱的不是因為眼蟲，而是回答不了村長的兩個問題。我媽疑惑地看了我一眼，我再次感到與大人間溝通的困難。

那時的我正處在天不怕地不怕的年紀，住在邊陲山區，卻一副世界盡在掌握的模樣，並不相信自己會被兩個小問題給難倒。只是當時我並沒有想清楚，答不出來的本質不是不理解，而是害怕。害怕眼蟲在體內流竄，當阻塞了任督二脈，我的生命就倒數計時了。所以，眼蟲和村長的問題表面上看來是兩條平行線，實際上是同一件事，都涉及到死亡作為終點的恐懼。

「都是選舉花招。我們小村民賺不到錢，通通餓死，誰管你選紅、黃，還是綠？」我媽說。

「不是紅黃綠啦！又不是紅綠燈，是青赤黃白黑才對。」我端著大碗的麵給阿善伯，然後轉過頭解釋：「沒有人想死，村長卻要村民決定怎麼死。這個政見實在誇張，選票嫌多，也不必這樣搞。不過算他是個男子漢，有氣魄敢提出這種想法。」

我媽聳聳肩膀。

我可以理解我媽的不認同。她和村長夫人是閨密，只是在一次偶然的機會中聽到了關於村長十七年前拋棄正妻又橫刀奪愛的風流事，這讓她聯想到自己被「太陽餅叔叔」耍弄的過往，從此對村長產生了負面的評價。

「對！」滿身酒氣的阿善伯拍著桌子站起來，「村長落選，凡仔當選！凡仔和村長是青梅竹馬，不對，搞錯了，反正是穿開襠褲時的好朋友。這次凡仔回到故鄉就是要大義滅親。」

「他們是親戚？」我問。

「又錯了，是麻吉。但是村長太離譜，凡仔看不下去，決定參選來拯救大家。」

阿善伯吃完餛飩，從口袋裡掏出一把東西，仰頭倒進嘴裡時卻噎住了，臉漲得更紅，他連忙大口喝酒，不料咳得更厲害，餿酸的食物全部嘔吐出來。

我聞到後，也感到噁心，開始乾嘔，連帶著一把鼻涕一把眼淚。還好因為下雨，現場沒有其他的客人。

我媽馬上拖來了水桶和掃把。

我調勻了呼吸，跑過去拍阿善伯的背。阿善伯止住咳嗽之後，竟然像小黑一樣，趴在地上找起東西來。

「鑲金的假牙掉了？」我調侃他。

「是藥丸，阿明。年輕人眼睛亮，幫阿伯找找。」

我的視力超過一點五，這事找我就對了。藥丸被噴到五步遠的泥地裡，難怪林P說男人一到四十歲靠的只有一張嘴。我撿起三顆黑藥丸，阿善伯連謝謝也沒說，在衣服上擦了兩下就急著將藥丸吞進嘴巴裡。

這藥丸是林P賣的，用來疏通黑膽汁鬱積所產生的病症。林P說過，如果老二翹不起來，那是黑膽汁出問題。我不知道阿善伯今天要老二翹起來幹麼，他娶的外籍新娘日前跟男人偷跑走，雖然報了警，但是烏鴉媽媽說找到的機會很渺茫。

這兩天，約有六成的村民求治於林P。我會知道是因為在村長的安排下，林P暫住在我家二樓的民宿裡。村民排隊買藥的空檔常常點麵來吃，我媽有錢賺，樂壞了。而根據阿善伯寶貝藥丸的模樣，這藥不會太便宜。我是黃膽汁和黏液質出現異狀，藥方是一天三次，每次五顆黃色加上四顆藍色藥丸，還好我媽強調是林P半買半相送。

「黑藥丸的藥效強，只能吃一顆，吃多了會流鼻血，林P特別交代的，你怎麼……」我問。

「我肚子大，體重一百多公斤，吃一顆像蚊子叮牛角，沒感覺。」阿善伯津津有味地嚼起藥丸，又說：「村長死了老婆，神經病發作……老婆死翹翹總比跟人跑了好，還好過兩天就要選舉了。他落選後，我們再也不必管那兩個白痴題目。」

我正要應話，我媽喊我去洗碗，她知道我一定會忍不住跟阿善伯爭辯起來。也許我家窮吧！對於那個猴兒樣，整天戴著金項鍊突顯自己財大氣粗的凡仔，回到村裡就立刻想當村長，讓我特別反感。

我媽走近水槽，在我身後說：「村長想念翠芬姊，算他有感情。男人都很幼稚啦！過不了半年，村長開始追大胸部的女人，就不會無聊到要我們決定什麼死不死的。」

這是我媽的千年牢騷。她之所以對大胸部的女生有意見，是因為她喜歡的「太陽餅叔叔」腳踏兩條船，被我媽抓了包，就在我五歲的時候。最嘔的事情是，野女人比她醜。我媽得出一個結論，「胸部大一個罩杯有什麼了不起。男人就是賤，有奶便是娘，Bitch！」

我沒看過那個女生，無法判斷我媽話語中的真假。話說回來，對於女生，男生看的角度本來就和女生不一樣。至於我媽喜歡的「太陽餅叔叔」，他從村子消失有好幾年了，我隱約記得他笑口常開，和凡仔一樣常穿著白西裝。下山談生意後，總是買一盒太陽餅巴結我。據說是為了跟我媽借錢，而借的錢總是用來買禮物，送給另一個女生。我真搞不懂，我家窮得連看一場電影都算奢侈了，哪來的錢借他。借的錢當然要不回來，我長大後才知道，小時候吃的每一口太陽餅都比黃金還要昂貴。

打烊時，已經半夜一點多。路燈熄了，山區漆黑一片，烏雲遮蔽月亮，天空中現出了滿天星斗，蟲鳴和溪流的聲音交織在一起，窸窸窣窣地響著。

「你校外教學的學習單可以請教林教授。他是專家。」我媽隨手煮了豬心麵，要我端上去給林P當宵夜。

可是，民宿二樓的燈光全暗了。

「那，阿明，你吃吧！」

我看著我媽失望的神色，突然察覺到一絲異樣。

我的房間在二樓的最後面，沒有窗戶，那是由倉庫改裝而成的。我開著電風扇，狂流著鼻水，在沁涼的山區享用著熱騰騰的麵食，感到無比幸福。我的腦海浮現出今天「生命教育館」開幕時，應邀前來的林P在展示人偶前大笑的情景，也想起美麗溫柔的伍老師，心裡竄出一個淒美的點子，就闔上稿紙，安心地呼呼大睡。

「生命教育館」分為七大館：初生、命危，以及肝、心、脾、肺、腎五大器官，那是為了響應政府的一鄉一特色，村長以自己的經驗出發來爭取設立的。「生命教育館」並非獨立的展覽館，它寄居在學校內，之所以會這樣，是因為村長向中央申請到的微薄經費，並不足以興建一座全新的建築，再者，展覽館的建設需要相當長的時間，沒有一年半載是無法完成的。如果村長想以此作為連任的政績，也緩不濟急。因此，村長與校長商量後提出了一個方案：考慮到學校的學生人數減少，教室空置下來，實在可惜，如果因此廢校，並不是好選擇，於是他們決定將一棟大樓撥出來，供「生命教育館」來使用，然後在大樓前換上大氣燙金的招牌就大功告成了。至於館長的職位，則由老處女校長兼任，這樣也解決了廢校後她可能面臨的失業危機。

那年暑假，起初校外教學的地點並不是「生命教育館」。對學生來說，從甲大樓走到乙大樓，即使乙大樓改了名字，還是校內，不是校外，不是嗎？

只是開幕前，「生命教育館」弄得神祕兮兮的，吊足了我們的胃口。改裝的區域全被大片白色的布幔遮掩起來，十幾個工人、校長，還有一個號稱為藝術總監的長髮外地人在大樓間忙進又忙出，持續了三個月之久。我和烏鴉試盡辦法想偷窺，始終不得其門而入，這確實符合老處女校長兼館長精明且機車的風格，而龜毛的村長應該也扮演了推波助瀾的角色。

原本，伍老師提議以古道縱走來作為校外教學活動，計劃是三天兩夜的行程，好讓我們體驗先民的篳路藍縷。這種都市人的思維當然被否決了。我們住在山林裡，出遊仍看著雲和樹木，又不是頭殼壞掉。我們喜歡去真正的遊樂園，烏鴉想體驗三百六十度的雲霄飛車，而王小華，如果她沒有住院的話，應該會搭乘摩天輪。我也是，可是我不敢說出來，這樣的願望太娘了，所以我說海盜船晃來晃去很有意思。住宿台北時，夜遊搭乘101的快速電梯上到頂樓，登高望遠，透過都市裡厲害的投幣望遠鏡，也許能夠遠眺村裡的闌珊燈火。只是一次又一次的颱風癱瘓了山裡對外的交通，無可奈何下，教學地點改在「生命教育館」。

校外教學被安排在「生命教育館」的開幕日，我以為是尊榮待遇，後來才發現我們只是湊合人數的小蘿蔔頭而已。我甚至懷疑颱風是老處女校長賄賂了蔡董升壇作法求來的，好阻止我們去台北。只是我轉念一想，參訪的民眾太少，老處女校長被究責下台，成了標準的「一日館長」，面子掛不住，難保不會自殺，這樣也不好，於是我決定發揮童子軍「日行一善」的精神，開幕日幫忙熱鬧一番。說到底，也沒什麼損失。

進行校外教學前，我們五個國中生還被迫參與了三個小時的志工服務。兩個國三學長在校門口招呼來賓，而烏鴉這個倒霉鬼還沒正式上國中，就被指派負責簽名本的任務，而我則是在出口處分發紀念品。

紀念品是一個高約五公分的陶瓶，頸部上方有個不到零點六公分的小開口，那是特別設計的。瓶身上的紋路呈現粗獷血色，陽光下看著像流動的血液。凡仔陣營多次抗議這陶瓶的設計出自知名藝術家之手，暗指這是一種賄賂。村長則要凡仔放輕鬆，強調教育是百年大計，不要事事過度政治化與選舉扯上關係。

約莫一個月前，「生命教育館」改建後期的放學後，卡車運來了大雕像，為了把它送進教室，工人們拆卸了所有窗戶。雕像被包裹得密密麻麻，可是在運送過程中，黑色塑膠袋還是被鉤破了，露出一隻臂膀，臂膀晶瑩溫潤，正做出擁抱的動作。那想必是一隻漂亮女人的手。當我和烏鴉要再探看究竟，門窗立刻被關起來。

好戲結束，我們只好到旁邊的球場消磨精力。烏鴉的籃球投出了大肉包，球滾到鷹架旁，我嘲笑這種幼兒園的投籃水準枉費他竹竿樣的好身材。當我彎腰撿起籃球時，發現球上插著小鐵釘，我「啊」地驚呼，趕緊把鐵釘拔出來，球「咻咻」地漏氣，變得皺巴巴的。

「幹！」我罵出鮮少出口的髒話，「這教育館最好能夠讓觀光客來，我家民宿都在養蚊子，沒客人來，每天還是燒錢，現在又破了一顆球。這球是王小華的，她生病回來又要恰北北地罵人了。」

「我偷拿我媽的錢，買一顆賠回去。」烏鴉說。

「算了，我用強力膠黏黏看，等王小華發現後再說吧！我賭她精神不好，永遠不會知道。」

烏鴉把球要了過去，聞著漏出的氣體，說：「好臭。」他傻笑，然後糊裡糊塗地冒出一句：「老大，怕死嗎？」

「像睡著，有什麼好怕的？」

「只是像睡著嗎？你也看到了，王小華瘦得皮包骨，頭髮都沒毛，臉色比小黃瓜還要黃。」

「她不會死掉，你別烏鴉嘴了。王媽媽兩天前回山上拿換洗衣物，來我家買麵時還高高興興地說，這次王小華只是細菌感染，打了抗生素後有很大的進步，再過幾天就能夠出院。」

「那就好。可是，老大，我很怕死。」

「被你講得，我也有點怕了，但是如果能跟伍老師一起死掉，我就完全不怕了。」

「伍老師怪怪的，這樣不好啦！還有，還有……是不是王小華生病變成醜八怪，老大才變心喜歡伍老師？」

「我，我……沒有，我是這種人？你有膽，再說說看。」

那天，我們沒有打架。太陽大極了，我被曬得頭都昏了，水壺早沒水。我取下籃球架上的書包掉頭就走，烏鴉揣著破掉的球追上來。一路上，我們沒有說話，我只聽到他粗重的呼吸聲在我後方相隔三步遠的距離處。我加快步伐，過了十分鐘，踩過一片酢漿草，繞過枯枝葉，彎進了祕密小徑，烏鴉也跟著。當時在路上，我在想什麼呢？沒有記憶了，可能腦袋放空，假裝很氣吧！直到小黑從我後方衝出來，不停地朝著石階上的東西舔舐著，我才回過神來。

我走近看，那東西正從外表包覆的烏泥中，散發出淺淡的金屬光澤。是一枚拾圓硬幣。

「小黑真是的，也愛錢？」我笑著。

「笨狗，真好笑。」話是這麼說，但烏鴉的語氣平淡，毫無笑意。「錢沾到醬料，小黑最愛草莓口味了。」烏鴉又補充說明。

我們雙手捧著拾圓硬幣到雜貨店買棒棒冰，一起坐在廟前廣場慢慢吃。這一次，我不再小氣，因為長大了，烏鴉和我一人一口，雖然男生的口水臭臭的，有點噁心。

我跟烏鴉要過那顆乾癟的籃球，擠著擠著，殘餘的空氣漏出來。

「真臭，到底在臭什麼？冰都要吐出來了！」我說。

這時，烏鴉才笑彎了身子。

那天，紅暈晚霞滿天，黑色鳥群乘風而上，在雲間轉了個大彎。我和烏鴉再次談起伍老師的事情。

「老大，別打我。我說伍老師怪怪的，是因為早上偷聽到爸媽的悄悄話。村裡有一個大祕密要爆炸了，是伍老師的，證據好像還欠一兩樣，但我媽已經先向村長報告了。」

「好像很嚴重，到底什麼事情？」

「太小聲了，我聽不清楚。」

「探聽八卦你不是最會了？」

「對。」烏鴉點頭，說：「以後如果半夜三點得到情報，三點零一分我就會報告給老大知道。」

「記得我們石頭敲門的暗號？」

「嗯！」

小黑用大紅舌頭反覆舔著棒棒冰塑膠包裝上的汁液。我踢了牠肚子，罵道：「愛吃鬼。」小黑完全不理我。假如我事先知情，一個月後牠會被林P下毒而生命垂危，那時就算打死我，我也不會再欺負牠。

小黑左右搖晃著尾巴，大模大樣地離開了。

「你媽有提過政府在調查村長的事嗎？」我問烏鴉。

「村長做壞事了？」

我搖搖頭，又點了點頭。

「村長殺了太太？」

「你推理小說中毒了，大家都知道村長太太是病死的。」

「不對，有鬼！」烏鴉說：「最近兩個月，村長一直在廣播太太的可憐，他多愛又多愛太太，肉麻加三級，推理小說中欲蓋彌彰都是這樣布局的。」

「你的國文進步了……那麼，『欲蓋彌彰』怎麼寫？」

「老大，不要考我。村長犯了什麼罪？」

「阿善伯認為，村長不能強迫村民回答要活還是死，那樣侵犯了隱私權。法律我不懂，可是我覺得『生命教育』這四個字很有深意。」

「還好吧！」

「村長的勇氣令人佩服。『雖千萬人，吾往矣』，這是文言文，你國中就會學到，意思是就算有很多人反對，我也要勇往直前。如果死前的急救像村長說的，是痛苦乘以N次方，但是大家都假裝沒事，那早晚會出差錯。拿你的數學來說吧，聽不懂，又不認真算，零分了，活該。」

「和數學有什麼關係？老大，你也幫幫忙。」

「反正我支持村長，支持他的生命教育。長大後，我也要當村長。」

「老大當村長，我來當醫生，賺很多錢。」

我翻了白眼，本想拍拍烏鴉的肩膀，要他別不自量力，最後我忍住了。我說：「村長違法，政府真的啟動調查，那就完蛋了。村長落選，又被抓去關，慘慘慘慘慘。」

「調查？」烏鴉歪著頭，彷彿要將腦袋裡的思緒傾倒出來。過了三秒鐘，他拍著大腿說：「不會。我媽說政黨鬥來鬥去，政府才沒空管我們山區這種選票很少的村子，像她要降轉平地好多年了，公文從來沒人理。」

「好險沒人理，你搬家後，我找誰打屁？」

「對！我們要一輩子當好兄弟。」

「什麼好兄弟？又不是七月的孤魂野鬼，是好朋友才對。」

「好朋友，一輩子，在這裡。」

我和烏鴉擊掌。

村長神似皮膚曬黑的肯德基爺爺，為人熱心，有啤酒肚，臉上總是帶著微笑，最大的缺點是尖細的嗓音，像個奸臣，卻喜歡廣播說話，而「大家知道我的意思嗎？」是他的口頭禪。

廣播系統是村裡最重要的宣達工具，這是沒有辦法的事，在這個手機訊號被山脈阻隔的村落，村民依傍著溪谷居住，彼此之間有相當的距離，再加上海拔差距近五百公尺，為了通知一件小事情，上上下下爬完村裡的矮窄石階，就算沒累死，天色也已經暗了。

村長每天早上六點都會向村民們問早，就算是假日也不例外，三百六十五天從沒間斷。山裡涼冷，我家麵店打烊得晚，當我聽到「廣播測試，大家早！」時常好夢方酣，超級讓人抓狂。另外一件事是，村長夫人求醫受苦的經歷，第一次聽到雖然震撼，無數次之後反而覺得好笑。

我內人翠芬一向身體健康，很少感冒。沒想到這次發燒，住進醫院，情況變得不可收拾。甲醫師說是由血栓引起的，也就是血液凝固，塞住了血管；乙醫師的解釋是敗血症；丙醫師提到了多重器官衰竭。你們知道的，那些穿著白袍的大教授說出來的話，雖然每個字，你都聽得懂，但是把它們合在一起後，就不太清楚他們想要表達什麼意思了。

在翠芬住院的第三天，她出現呼吸困難，心臟突然停止跳動。大家知道我的意思嗎？就是病情非常危險。醫師問：「要救嗎？」我罵：「廢話，當然要救，不然來醫院幹什麼！」一下子七、八位醫生衝進來，為翠芬插管、接上呼吸器、放入洗腎導管和葉克膜。之後翠芬被轉到加護病房，十幾天都昏迷不醒，眼睛在抽筋的時候才會打開，病床旁邊都是維生系統，可以說非常可憐。

我一天只有三個時段，每次三十分鐘能夠會客探望。她身體越來越腫，腫到我都認不出來了。為什麼醫生不坦白說治不好，要一直折磨她呢？平靜地走完人生最後的旅程，這樣不是更好嗎？

（哽咽聲）

我沒有責怪醫師的意思。村裡缺醫師，我尊重醫師，崇拜專業，也會聘請最好的醫師來到村裡服務。大家知道我的意思嗎？今天廣播的重點是要讓大家了解生命，重視死亡。生老病死都是生命的一部分，死亡不分老的、小的、有錢或沒錢的，大家早晚要面對，這就是「生命教育館」興建的原因。教育是百年大計，而良好的展覽館會讓成千上萬的民眾來觀光，村子重返榮耀是指日可待的。

親愛的父老兄弟姊妹們，參觀「生命教育館」後，把心中最真實的聲音寫在小紙條上，丟進我贈送的陶瓶裡。哪天不幸生命危急時，親朋好友摔破陶瓶，就知道該如何處理，也就是要救或不要救，又該急救到什麼程度，就會有所依據。

這樣，沒有猜測就可以避免遺憾。而陶瓶的開口小，一旦紙條放進去就無法被取出來，大家在乎的隱私權，也能夠得到保障。

村長未能參加「生命教育館」的開幕剪綵，這大大出乎我的意料。我當時的鼻頭開始冒出青春痘，人事的猜測常錯得離譜。我隱約感覺到世界的運作不是我想像中的模樣，但是我死鴨子嘴硬，幫自己找藉口，例如物理定律在不同的溫度氣壓下，不也推演出不同的結果來嗎？我寬慰自己，預測錯誤只是偶發的例外情況。

九點鐘。校長走過來，又走過去，高跟鞋撞擊地面，發出咚咚的聲音，她要兩位記者稍等。伍老師坐我旁邊，那是一張木製的學生課桌椅，雙人座，中間也被小刀刻出一條長長的界線。我觸摸著那凹痕，想起小學二年級時做過的壞事情。國中的我已經不那麼幼稚，再說同學少到一個人占據四個位置都還有空位。

陶瓶紀念品在課桌椅上堆成了梯形。我和伍老師之間當然不存在「楚河漢界」的問題。她反覆按壓水銀血壓計的壓球，然後鬆開旋轉氣門，發出了「七」聲。從她的髮梢，我意外地聞到了一股香水味，聞著聞著，我的老二翹起來，我趕緊縮起身體掩飾，希望它盡快消退。那個味道很奇特，和伍老師清新的笑容極不相襯，我不禁多吸了幾口。啊！那像大朵紅色野花散發出來的香氣，因為太淡了，我猜想伍老師已經多次洗頭，希望散去這個味道，但是我的敏銳嗅覺依然察覺到了它的存在。

伍老師原是表定開幕第二天的工作人員。在英語課進行到一半的時候，伍老師放下粉筆，說：「測量血壓是王小華的工作，她去天上當小天使了，我來代替她。」伍老師的聲音仍然柔和，卻多了分沉靜，我傷感了起來。想起那天午後王小華家裡搭起藍色棚架的情景，我試著跨過溪流，走向前去，希望能看清楚些什麼，腿卻軟得走不動，我這才意識到自己的怯弱。藍色帳棚傳出誦經的聲音，誦經聲隨著潺潺溪流，流向遠方山峰和雲朵相接的國度。

「不會來，不必等。」伍老師喃喃自語。

校長瞪了伍老師一眼。

「村長嗎？他習慣性遲到，每次都要等到痔瘡開花才會出現。」男記者說。

「不是，沒有，我猜的。」伍老師連說兩次，好像很慌張。

我側轉過頭，第一次用如此近的距離觀察伍老師精緻的五官，偷瞄她微微透出綠色T恤的白色胸罩肩帶，寬鬆上衣仍舊遮掩不住那即將蹦跳出來的乳房，我的老二又硬起來。我不敢亂動，怕被別人發現。是我太變態嗎？一定是香水味道作怪，或是青春期那超級旺盛的荷爾蒙在搞鬼，讓我既喜歡王小華，也喜歡大我二十歲、瘦小而端莊矜持的伍老師。

我深吸口氣，試著讓心跳緩和，它卻越跳越快。我只好經由提問來轉移自己的注意力，我說：「村長太太死掉引起村長對於生命教育的重視，這個展覽館是他一手弄的，開幕他不來？」

伍老師的視線落在遠方的積雨雲上，嘟起嘴巴，陷入了沉思。

男記者扛著攝影機走到我面前，拿起陶瓶，在手掌中把玩，跟女記者講了悄悄話，然後又將陶瓶放回到原處。

伍老師回轉過頭，溫柔地看著我，「前天眼睛被抓出蟲來，現在還好嗎？」

我心花怒放，頭像小黑的尾巴一樣猛搖，「吃了林P的藥，全好了。」

「買藥？那太可惜了。我想了兩天，還是覺得不對勁，要勸你母親不要購買，看來慢了一步。」

「為什麼？」

「你家經濟拮据，再說亂吃成藥也不好。我家發生過類似的情況，被騙了很多錢。」

「林P不是騙子。他不也救了老師嗎？」

「嗯！」伍老師眨了眨眼睛，「如果有人刻意要欺騙你，你能夠看出來嗎？」

「沒有問題的，我成績很好，觀察力也一級棒。」

「你很聰明。……是我太多疑了，不容易相信陌生人，也常常感到不安。那吃了林P的藥有不舒服嗎？」

「完全沒有。」我做屈起右臂，做了一個大力水手的姿勢，「謝謝老師關心。」

我本來想追問伍老師，信耶穌為什麼到天明宮參拜的事，話還沒出口，突然懷疑那也許和烏鴉說的祕密未爆彈有關，正當我在思考該如何措詞時，伍老師反倒先開口了：「沒事就好。小黑呢？你常跟牠玩，前天被下藥，死了？」

「我也在找牠。」

我簡述了救治經過，還說自己隔天一早趕到廟前廣場並沒見到牠的屍體，那時我樂壞了。「黑藥丸成功了！」我心裡吶喊，但是小黑到底去了哪裡？我進到廟裡，蔡董顧著泡茶聊天，完全不理我。他應該還對我懷恨在心，氣我胳膊往林P彎，沒有幫他說話。雜貨店老闆也表示已經很多天沒有看到小黑的蹤影。我感到困惑，難道小黑在短暫的清醒後，像傳說中的大象自知病情嚴重，躲到洞穴中等待死亡？我和烏鴉找遍了能夠躲藏的地方，只發現了動物的糞便、枯枝葉和垃圾。

我跟伍老師說：「沒關係，小黑常常消失，肚子餓了就會出來，大笨狗最愛吃了。」

雖然這聽來像是自我安慰的話語。

烏鴉放著簽名簿不管跑過來聊天，一副發現新大陸的模樣。「老大，村長最近染黑了頭髮，每天晨跑，你不覺得奇怪嗎？他沒有來剪綵，一定是忙著跟女朋友約會。」

「屁啦！快落選的人有心情約會？」我說。

男記者對著烏鴉笑，「這位同學簡直就是柯南嘛！想像力豐富加上推理正確，寫進採訪稿裡，一定很有意思。」

烏鴉嚇得又躲到我身後。

「六十幾歲又交女朋友，是第三春了，厲害。」男記者豎起大拇指。

「男人都是豬哥。」女記者用食指戳了戳男記者肥油油的肚子。

第三春？沒錯。我媽說過，村長夫人是村長的第二任太太。第一任是誰，我不曉得，只知道他們有一個兒子，兒子不滿村長冷落他的媽媽，主動斷絕了父子關係，在外地讀書工作後不曾回鄉。我媽說：「錢最大，大概得等到村長死翹翹，分遺產時才會出現。」而我的第六感告訴我，老處女校長正在倒貼村長，村長忙於選舉分身乏術，派她來「生命教育館」主持開幕再名正言順不過了。

校長手扠腰，瞪著記者說：「村長曾經交代我，投票前忙著拜票掃街可能讓他無法抽出時間，如果真的這樣，他要我向大家道歉，並強調他不是居功的人，剪綵、落款、題字通通不重要，『生命教育館』的順利啟用才是最重要的事情。」

「請問館長，今天不到二十個人來參觀，這樣的場館……？」女記者問。

「我們教育工作者從來不要求學生一下子就考一百分。同樣的道理，生命教育是一輩子的事情，短期內的參觀人數，並不是我關注的重點。」

一股浩然正氣從校長的頭頂輻射出來。我深吸一口氣，為了不能笑而拚命憋住嘴巴和肚子。在這時候，女記者喊住我，「這位弟弟，為什麼爸爸媽媽沒有來？」

我走開，沒有搭理這三八，何況誰跟你弟弟，我已經是國中生了，好嗎?!我幹麼解釋，我媽為了生活，整天忙死了。而這三八是明知故問，挖坑讓我跳，我才不上當。死亡是禁忌話題，人越老越怕死。村長的初衷也許良善，原本想藉由建立「生命教育館」來展現政績，以爭取連任，卻低估了人們對於死亡的恐懼，再加上凡仔陣營的煽風點火，村民怎麼會乖乖來參觀呢？然而，雖千萬人，吾往矣，真正的男子漢努力宣揚自己的理念，為成大事，不拘小節，這就是村長讓我感動的地方。

後面來參訪的村民更少了，要不是坐在伍老師旁邊，我這個不情願的小志工早就到球場報到了。待記者也不耐煩地離開後，我問伍老師：「能拿紀念品嗎？」

伍老師輕伸食指，指向校長。

「不行，這是大人的。村長讓成年人規劃人生，訂製的數量剛剛好。你還小，用不著。」校長說。

「可是……王小華死了。」

「那例外。」

校長想摸我的頭，安慰我，被我閃開了。

我知足安分地待在伍老師旁邊，久了，也聞不到那香味了。伍老師在有校長的場合本來就安靜，現在更是不發一語。我將紀念品排列得整整齊齊，還剩下兩百五十三份，往後的兩小時只又送走了一個，那是處女校長兼館長領走自己的份額。

伍老師倒是直截了當地回答：「我不需要。」

「生命教育館」是以出生為「始」，死亡為「終」，五大器官的衰竭為「過程」來設計。第一展覽館「初生」是我國小六年級的教室，我曾在布告欄的左牆角用毛筆字寫下兩行非常小、非常醜的字：「烏鴉愛王小華」以及「小五愛小六，小學生打高射炮」。

當然不是烏鴉愛王小華，而是我，但我怎麼可能承認呢？然而，這樣倒置的書寫卻讓我的念想有些許出口。

有一天放學時，王小華在我前方約十步遠的距離，烏鴉大聲喊道：「我愛你！」山徑小路上的回音在竹林和冷風中迴盪，一波又一波。

我爆打烏鴉。

「幫老大喊的啦！」烏鴉捂著頭。

我這才意識到，烏鴉並不笨，他一點一滴偷看他爸爸的書，開了眼界。相較之下，我太自以為是了。自以為數學考一百分，成績好，很聰明，可是在現實生活中，我從未見過雞與兔被關在同一個籠子裡。

王小華只管往前走。

這事情過了三個月，王小華就生病了。大半的時間都在家裡休息或住院，無法到校。烏鴉的爸爸拿出法寶，要我閉起眼睛，專心回想王小華的臉，雙手搖晃烏龜殼後用力將錢幣撒出，接著烏鴉爸爸翻了古書，端詳錢幣的方位，硃砂筆在紙上畫來又寫去，思考了很久，只丟出一句話，「天羅地網」，然後到外頭抽菸去了。

「這麼玄？什麼意思？」我問烏鴉。

烏鴉想了想，就像小學生造句，「王小華會被天羅地網包住，變成老大的老婆。」

「真的？」

後來，我當然明瞭天羅地網的意思，其實當下也猜得出來。但是很多世事都是這樣，我們心知肚明，只是不願意承認罷了！

雖說是校外教學，校長在志工服務後，匆匆跟我們四個學生道謝：「大家辛苦，可以解散了，接下來的時間是自由參觀。五點前，我都在校長室，有問題，歡迎來討論。」

伍老師跟校長鞠躬後也離開了。

「校長不解說哦？這種東西誰看得懂。之前搞神祕，怎麼開幕全變了樣？」烏鴉問我。

「村長變卦不來，參觀的人也太少了，老處女面子掛不住，心情爛啊！」

「所以我說嘛，村長鼓吹生命教育什麼肝心脾肺腎，講得嘴角冒泡，都是演戲。」

「我不認為是這樣。村長發現生命教育會拖垮選票，想要補救。轉彎不成，至少需要冷處理吧！村長是山上的土皇帝，落選後，全部變成一場空。選情這麼緊張，他來這裡幹麼！」

「伍老師呢？她最近更怪了，老大不覺得？不太亂笑，妖氣有減少是沒錯，可是很少講話，好像有心事，大姨媽來了嗎？……這大姨媽也來得太久了！」

「再亂講話，我就不幫你算數學了。」

烏鴉和我從後門進到「初生」的展覽館。

我瞄著牆角，我的「墨寶」因為重新粉刷消失了，這讓我的心裡空空的，直到烏鴉推了我一把才回過神來。

烏鴉指著女雕像，說：「醜八怪！誰想抱這麼醜的女生？」

那是一對男女的裸體擁吻，性器官被身體扭曲的姿勢巧妙地掩蓋住，後頭有個在地上爬的嬰兒塑像。整個場景，我想是表現爸爸媽媽相好後製作出小孩來。

「手的主人原來長這樣。」我嘆氣，「浪費腦細胞，害我想像那麼久……算了，和我們的眼光不一樣，才叫藝術家。」

「那男的挺出胖肚子，有點像村長。」烏鴉說。

「賓果！」我彈了一個響指，「所有的謎團都解開了。男塑像的模特兒是村長，難怪之前搞神祕，而女生，哈哈，就是我們偉大的處女校長兼館長。」

「像嗎？校長沒那麼醜啦！」

烏鴉的質疑讓我的心裡卡根刺，我不想承認，只好硬拗，「如果校長摘下四角黑眼鏡，你再比對一下？」

「好吧！越看越像了。」

「根本就是。校長和村長公開調情，真噁心！難怪伍老師跟她不對盤。」

我們移動至「死亡」的展覽館，各式各樣的急救儀器布滿病床兩側，讓教室都沒了空間，地面上有著大片血漬，用過的紗布、針筒和玻璃藥瓶被丟棄在急救車上。日光燈管已經換新，教室變得亮白卻透露出肅殺的氛圍。

和上課的氣氛全然不一樣了。我常聽聞村裡某某某死亡，並沒有見過真正的屍體，包含王小華斷氣後從醫院被運回山上。不久前，我才大言不慚地跟烏鴉誇口不怕死，但在被林P抓出眼蟲之後，真的好奇怪，我的心態徹底不同了，現在站在「死亡」的標示牌前，我猛打寒顫卻又不敢跟烏鴉承認。原來我的「不怕」是立基於不會發生，離死亡有一大段肉眼不可視的距離。可是當在外頭敲門的極可能是死神時，我的勇氣一瞬間消失了，就像被刺破的籃球一樣，逸出的空氣還令人作嘔。

被急救無效而死亡的人偶臉色蠟黃，四肢癱平，臉頰鼓脹，看起來像是普渡時含著橘子的豬。人偶的胸前貼著兩大張導極樣的金屬片，拉出的導線在螢幕上呈現出鋸齒狀的心臟跳動波形。

這套設備叫「心臟電擊去顫器」，我在廢棄的衛生所裡玩過。根據去顫器的說明書指示，鋸齒樣的心電圖正式名稱叫「心室顫動」，必須立刻啟動電擊才能夠挽救病患的生命。電擊救命，而不是電擊致命，這真是令人難以置信。可惜衛生所的設備太過老舊，只能充電而無法釋放電擊，不然我和烏鴉會抓小黑來試試看。

人偶前的標示板寫著：

侵入性急救包括插管、心臟按摩、電擊、呼吸器、葉克膜以及血液透析等等，這些措施可以挽回少數人的性命，同時也可能給病患帶來極大的痛苦，必須謹慎施行。

另一個標示板列出了「插管」、「心臟按摩」、「電擊」等的解釋，這是為了讓村民了解急救的細節，以便回答村長的第二個提問。這些急救措施都是村長夫人經歷過的，只是這些醫學名詞對我來說像天書一樣，我雖然感興趣卻無法完全理解。

人偶的老二又小又黑，像乾掉的茄子，為了引流出膀胱裡頭的尿液，粗大的塑膠黃管必須被推進排尿的狹小隙縫裡。光想像管子插入的程序，我的老二就痛起來，真的要放進去那還得了。人偶的鼠蹊部也被放置了一條水管大的透明管，引流出血液後在機器轉了轉又被送回到脖子裡。人偶旁的去顫器不斷發出警告的嗶嗶聲，嗶嗶嗶！嗶得我心臟都要麻痺了。我體內那些好不容易被藥物壓制住的蟲子如果因此被喚醒，那就大事不妙了。回家後，我得趕緊再服一次黃藍藥丸才行。

唯一有趣的是，每隔幾分鐘電擊器就會發出「趴」的一大聲，心電圖立即平直成一線，人偶的頭髮像漫畫中被閃電擊中的角色一樣，豎立起來。

我們就是在那時遇見了林P。

林P一拐一拐地走進展覽館，看著人偶開心大笑，將展覽館中的死亡氛圍沖淡了。

「病人被急救電擊時頭髮真的會豎立嗎？」我問。

「會吧！」林P說。

我聽出他語氣的敷衍，又猜測他這幾天因為密集看診，太累了才會如此。

「校長邀你來的？」烏鴉問。

「我不認識誰是校長，我是榮獲國家創新獎的醫學博士，村長誇口說『生命教育館』是他的傑出政績，要我開幕時務必來參觀。」

林P的眼睛泡泡的，他說每天都研讀論文到深夜，醫師都兢兢業業才變得如此優秀吧！我長大後能夠成為這樣的人嗎？我沒有把握，就問：「插管很痛嗎？村長說他的太太急救後又被折磨了很久才死掉。醫師是救人，怎麼聽起來像在害人？」

「我不清楚。」

「博士不是什麼都知道？」烏鴉說。

「我不是急診的醫師，醫學知識這麼多，」他比了一個超過身體的長度，又說：

「不同科是隔行如隔山。」

「葉克膜又是什麼？」我指著標示牌詢問。

「是醫界裡最厲害的。」

「姓葉？」我說。

「也算對。」

「厲害到什麼程度？」

「比我厲害一點點。」

烏鴉「哇」了一聲，說：「前天林P三兩下就救了伍老師，葉克膜醫師比林P還厲害，那就是超級無敵厲害了。」

我看著人偶鼠蹊部的管子，又問：「為什麼葉克膜醫師把血液抽出來，放到機器裡轉一轉再送回去，就能夠把病給治好？」

「這問我，我知道，是換血治病。」烏鴉露出得意的神色，語速加快了許多。「我在武俠小說裡讀過，但是古代沒有這麼先進的管子，只好用水蛭來吸血代替。」

林P微笑，並沒有明確表態。

「烏鴉，你開竅了，越來越聰明，我快要當不成老大了。」我說。

「別這樣，數學還要靠老大幫忙。」

我們邊看邊聊，匆忙中經過了五大器官的展示，不到十分鐘就來到了最後一間教室。也許死亡的臉孔都同樣醜陋，我腦海裡的圖像全部混成一團，只記得肝臟、心臟、脾臟、肺和腎臟的展覽館主題顏色分別是青、赤、黃、白和黑而已。

「等等，我們得認真一點，至少抄一些專有名詞，晚上寫心得時才有材料可用。」我對烏鴉說。

烏鴉跑到櫃檯拿了三張導覽說明，分別給了我和林P。

木，青色，肝硬化的病患臉色發青；火，赤色，病患怒火攻心導致心肌梗塞；土，黃色，屬脾臟，癌症患者惡病質時的面黃肌瘦；金，白色，肺功能不佳的病患喘促時臉色泛白；水，黑色，尿毒症的患者排尿寡少，印堂泛黑。

烏鴉對著腎臟病的人偶說：「前幾間教室的，他看不懂，但是這個病他會，就是陽萎，敗腎。男人的老二不行，在女人面前抬不起頭，印堂就發黑了。我爸幫人算命會根據八卦脈象配出中藥，效果還不錯，只有阿善伯一直抱怨不夠力，要求退錢。林P也是治療敗腎的專家，明天我要我爸跟你請教一下。」

這我只能聽烏鴉臭屁了。真的有人的老二會翹不起來嗎？兩天前在廟前廣場當林P提到這個問題時，我就很疑惑。對於青春期的我來說，隨時隨地翹起來才是讓我最不方便的地方。

「解說寫的卻是尿毒症患者體內的毒素無法排出，需要進行洗腎治療，和烏鴉說的完全不一樣。」我說。

烏鴉抬頭，向林P求助。

林P沒有正面回答，只說：「這教育館誰設計的？」

「村長和館長。」我說。

「像我胸腔裡有一顆大腫瘤，X光看來像惡性的，根據之前的導覽說明，白色代表肺，對吧？」林P接著提出疑問：「我的膚色黑，怎麼會有白色的成分？我的腳不方便，這該算木，或者火？」林P說完之後，又拿起手帕擦掉額頭上的汗水。

聽到他的胸腔長了腫瘤，我感到憂心，那就像一顆埋藏在體內深處的不定時炸彈。而我也認為林P的疑問很有道理，便猛點頭。

「五行是傳統的分類法，已經過時。西方哲學家認為，火、土、氣、水是構成萬物的基本元素，稱為『四根』，而醫學之父希波克拉底以此為基礎，發現人體內含有黑膽汁、黃膽汁、血液和黏液，稱為『四液』。黑膽汁生於胃，代表土根；黃膽汁生於肝，代表氣根；血液源於心臟，代表火根；黏液生成於腦，代表水根。我前天說過，人生病都起源於體液的不平衡，舉個例子來說吧！萬病之王『癌症』就是由黑膽汁流竄所引起的。基於這些觀點，我發明了黑、黃、紅和藍四種顏色的保健食品來調整體液。」

我想起王小華，說：「懂了，可是有些小地方怪怪的，像白血病是血液的癌症，那屬於黑膽汁，還是血液質的問題呢？」

「聰明，這個提問真棒，血癌是黑膽汁和血液質兩方面都出現障礙，這兩個問題相互干擾，非常複雜，黑色、紅色藥丸劑量的拿捏是治療的成功關鍵。」

「林P太厲害了。長大後，我也要當醫師來賺大錢。」烏鴉說，不到兩秒鐘又苦惱地表示，「可是，我數學不好……」

「醫師是行善，幫病人解決病痛，賺錢只是水到渠成的結果，和會不會算數學是兩碼子事。」林P回答。

「用不到數學，不必聰明，那麼要成為一名好醫師，最需要具備的是什麼？」我問。

林P思考了很久，才說：「誠信第一，醫術第二。」

此時，我在醫學系面試的會場上，中午休息時分，我一口便當也吃不下，只簡單喝了湯，就到川堂走走以轉換心情。早上考試的項目是PBL分組辯論，題目是我熟悉的「試論『病人自主權利法』之利弊」，但我意外地沒有表現好。這樣一來，就必須在下午的個人面試清楚地陳述學醫動機，如此才有機會突圍而出。

我想起一個月前首次進到補習班時的場景。那是針對學測申請入學，醫學面試所特別開設的班級，班主任是個大禿頭，他帶我進入一個四方隔間，進行一對一的特訓，開門見山就問：「田翊均同學，學測滿級分，不簡單哦！來來來，告訴我，你為什麼一定要當醫生。」

田翊均，沒錯，他是這樣叫我的，我進到補習班就改叫「田翊均」。我侷促不安，一方面是我不知道如何用簡單的話語來描述複雜的學醫動機，另一方面是我「孔澤明」還不習慣被稱做「田翊均」。是的，我冒用了田翊均的名字，但冒用的原因，並不像林P提過的少棒選手作弊，而是田翊均的請託。「醫學面試」強調誠實的自我陳述，然而現實中的考生卻依靠補習來修飾言詞，甚至自傳作假，我原本對這種行為非常厭惡。我告訴自己，別人怎麼樣，我無所謂，雖千萬人，吾往矣，我就是要忠實地呈現自己。

「空仔，不要活在象牙塔裡。」田翊均喜歡用「孔」姓的諧音叫我。他繼續說教：「好比選美比賽，參賽者都微整型加濃妝，你孔澤明就是要與眾不同，素顏上陣，嘿嘿！等著被淘汰。今天學校的模擬面試，你的表情太過僵硬，眼神飄忽，不敢直視教授，你還沒有掌握從容微笑的加分技巧，好好考慮我的建議，畢竟你的學測級分要上醫學系，只有一次面試機會。」

「這樣的補習，刻意練習，太假了！」

「長不大，你是天真，還是太笨？不假要如何通過人生的面試？」

人生的面試，這句話像根針一樣，從我的心裡狠狠地扎進去。

我洩了氣，說：「補習費太貴了。」

「哦！」田翊均的鼻子哼出一聲，「錢能夠解決的都是小事。我媽已經幫我報名了補習班，如果我乖乖去上課，第二階段的醫學面試還落榜，就能夠名正言順地去讀大氣科學。可是我不想去，也不會去補習班練習。拜託你，就算幫我一個忙，補習班簽到時委屈些，改名叫『田翊均』，這樣就能夠矇騙我媽的電話查勤，我每三天請你吃烤香腸配珍珠奶茶，怎麼樣？」

「每天？」

「好，成交。」

香腸店的招牌菜是酒釀口味的搭配了大辣醬，我三兩下吞進去，進到補習班時胃酸逆流，像食道著火，冰鎮奶茶也管不住那火勢，日光燈的白光從班主任的禿頭反射出來，亮閃而刺眼，我按摩著胃，吞吞吐吐地說：「我……」

「嘴巴張大一點，清晰的談吐能給人留下良好的第一印象。」

這句話既陌生又熟悉。我想起來了，在山上，我罵烏鴉講話像含滷蛋。我嚇到了，國一時我還口齒伶俐，怎麼才幾年不愛說話，口語表達竟然退步到這樣的地步？

「我沒有爸爸……」可能是酒釀殘存的酒精讓我頭昏了，我是這麼回答班主任的。

「田同學，你父親真的不在了？」班主任訝異地張大了嘴。「不好意思，我建議學生表演、扮演悲情的角色是成功的關鍵，因為教授從來不會察覺，可是我認為過度的誇大，像隨便說出親人的過世最好避免……不過，如果你能將父親的生病昇華成強烈的學醫動機，這在面試中是能夠大大加分的。」

我不敢搭腔，思忖晚間十點鐘班主任接起了田媽媽的查勤電話，好心來一句：「很抱歉，聽聞到田先生的噩耗……」

接下來會發生什麼事？

天啊！原本我只想說，從小沒有爸爸，凡事都得自立自強，這樣培養出來的人格能夠在任何逆境中存活下來。在這麼重要的場合，無論如何我都不會容許自己在大方向上作假。

我也好奇起來，我爸爸現在身在何處呢？上學或放學，經過有駐唱歌手的酒吧，或是藝人在街頭表演時，我總是停下腳步，對於那些打扮過時、皮膚黝黑的吉他手會格外關注。但是他流落到哪個縣市，我一無所知。我究竟在尋找，或是希望巧遇什麼呢？說不定我媽連他是吉他手這個身分都是捏造的。

當我現在踱步途經醫學院的川堂，仔細地研究起一幅幅用漫畫來呈現的醫學史。西方醫學之父希波克拉底，他有著大鼻子和誇張的絡腮鬍，那鬍子的形狀讓我想起用簽字筆塗鴉出的黑白大頭照，那是我小時候愛在課堂上玩的遊戲，我不禁笑出來，心情才從早上考砸的狀況中平復。而當我看到希波克拉底提出的「四液說」時，心裡發熱，封存已久的記憶被喚醒，烏鴉、王小華、林P、伍老師、校長、村長和曾祕書的說話樣子，連同搖擺尾巴的小黑，都在我腦海中一一活現了出來。

也許山上發生的事，才是我想成為醫師的動機吧！可是這些事情相當複雜，令人難以置信，我該如何在短時間內清楚地表達呢？

我嘆了口氣，回想起參觀「生命教育館」後吃著豬心麵並撰寫學習心得的那個晚上，我暗自做了一個決定：如果有一天不幸像王小華一樣得了絕症，我要勇敢地告訴伍老師，我很喜歡很喜歡她，希望在死前，她能親我一下，親臉頰就可以了，以及讓我摸一下她那雪白的乳房，這樣我就能夠無憾地離開了。

當晚，我得出了這樣的結論，從此不再被村長的兩個問題所困擾，也不再去理會眼蟲的事情，沉沉地進入了夢鄉。

4

「生命教育館」開幕的隔天，陰雨不斷，村長依往例在清晨六點跟大家道早安。

大家早！有睡飽嗎？下雨天特別好睡，應該都做了美夢吧！要記得，今晚六點鐘，六點在媽祖廟天明宮，將舉辦村長選舉的公開辯論會。選賢與能是好村民應該做的事，我希望大家不管刮風下雨都來參加。知道我的意思嗎？感謝支持，讓優良的執政團隊能夠再為大家服務四年。

被吵醒後，我不甘願地又躺了二十分鐘才起床，心裡嘀咕著，為什麼要一大早就宣布晚上六點的事情呢？但是想到廟前的攤販會賣好吃的醃漬芭樂，也就釋懷了。此時學校的暑期輔導剛結束，烏鴉不知道消失到哪裡去。我搬了張凳子，坐在門口百無聊賴的往外看，濃重的霧氣像道白牆遮蔽了視線，眼前只有大小雨滴滴滴滴答答，偶有啁啾聲傳來，我一點五的視力仍舊追尋不到鳥兒的行蹤。約莫十點鐘，我決定找點事來做才像個有為的青少年，就從寶貝盒中將陰乾的蝴蝶標本拿了出來。

那不是一隻普通的端紫斑蝶。展開翅膀約莫十二公分，略大於同品種，後翅腹面有微細白斑，而前翅的鱗粉較少卻散發出更加鮮豔的藍綠金屬光澤。

每年清明掃墓後，大批的端紫斑蝶會沿著溪谷飛進村裡，而到了十月，牠們成群又會乘著東北季風離開，我想那是因為山上的冬天太冷了。端紫斑蝶去哪裡過冬，我不曉得，只知道每年春夏交接，牠們像回家一樣，一定又會回來。

六月底，烏鴉國小畢業典禮的那天下午，我和他到溪谷戲水以示慶祝，之後在岸邊比賽誰的小便射出來的距離長。我當時還不了解端紫斑蝶為何喜歡吸食人尿，也不知道為什麼明明我們兩個都是童子尿，端紫斑蝶往往眷顧烏鴉的。然而，這隻端紫斑蝶反常地在我拉起拉鍊轉身想離開的時候，翩翩地停在我那泡黃澄澄的尿液旁邊，伸長口器，就像是在啜飲啤酒。

我像木頭人一樣靜止不動。

烏鴉趴下來，慢慢地往前爬到蝴蝶後頭，小心地以拇指和食指捏起翅膀，然後將蝴蝶遞給我。

吸食誰的尿是誰的蝴蝶，這是我們的默契。

「老大，這隻怪怪的？」烏鴉大叫。

「怪在比較聰明，知道我的尿比較營養。」我抬高下巴，鼻孔幾乎要朝向天空了。

「牠的翅膀發亮，還變色，突變種？」

「我看看。有，有可能哦！」

「發財了。隔壁大哥抓到突變的拿到都市賣，賺的錢能夠買一台好的平板電腦。老大，那時候你可得借我玩一下。」

「沒問題。」我拍了胸脯保證。

「可是有人懷疑，蝴蝶會突變是受到『國際能源研究中心』的汙染。收藏蝴蝶的人，身體也會被輻射破壞。」

「酸葡萄啦！根據生物課本裡教的，這不可能會發生，就算有影響，我也願意犧牲自己來為村民除害。你聽過春秋時代楚國宰相孫叔敖，小時候他殺死兩頭蛇的故事嗎？」

烏鴉搖頭。

烏鴉的爸爸架上有一堆奇奇怪怪的書籍，烏鴉總是跟我講一些有的沒的，而這次終於有我能夠揚眉吐氣的故事了。我將來龍去脈詳細地陳述，越說越覺得自己的情操偉大，講到末了，我認為自己長大後，如同孫叔敖，一定能有一番大作為。

端紫斑蝶在展翅板固定了一個多月，已經乾燥。我掀起展翅紙帶，取下昆蟲針，小心翼翼地拿起標本，不禁上下翻轉，反覆欣賞起那藍色光澤在燈光下的變化。這天的目標是製作標本展示架。我的計劃是將一段枯枝固定在木質圓盤上，再讓端紫斑蝶停在枯枝的上端，而後罩上透明玻璃罩，這樣三步驟就大功告成了。

可是我太求好心切了，截剪枯枝的過程並不順利，不是太長、太短，就是太醜，我試了好多次，竟然鋸傷了食指，導致一小滴血掉在端紫斑蝶的翅膀上。不幸中的大幸是，血是暈在腹面翅膀的白色斑紋處，並不突兀，反而有一種獨到的美感。

下午三點，林P還未下樓，沒吃早餐，更別說午餐了。我媽要我到樓上問問他想吃什麼。

「媽，你喜歡林P，對不對？」

「亂說話。林教授昨天幫我把脈、看舌頭，診斷我是血液質出了問題，神醫！」我媽比了個「讚」，「我的月經量很多，天數又長，總是手腳冰冷，貧血十分嚴重。林教授要我吃紅藥丸，一次三顆，每天三次。我買了一小包，他好心又送二十顆。二十顆就不少錢了，So kind！」

「林P就林P，什麼林教授！」

「這才有禮貌。」

我媽講話時並沒有正眼看我，這些跡象顯示我所懷疑的事情越來越可能為真。我有一點點焦慮。如果哪一天提早放學，回到家撞見他們兩個正在客廳滾床單，我應該怎麼面對呢？當作沒看見？或若無其事地「嗨」一聲，快步回到房間裡？還是悄悄後退，把大門帶上，找烏鴉玩一小時後再回家？

我想不出來，決定到時候再臨機應變。我問：「今天沒有人來買藥？」

「林教授要村民觀察服藥後的情況，而他天天看診也太累了，所以就決定今天休息。」

我上樓。外頭掛著「請勿打擾」的牌子，我還是敲了林P的房門。

沒有回應。

等了大約三分鐘，我又敲第二次。

還是沒回應。

我只好離開，依慣例，三步併作兩步地跳下樓，木製階梯發出了劇烈搖晃的吱吱聲響。這房子太老舊了，哪天來個颱風可能就被吹走，野溪旁的藍色屋子就不再成對了。

當我懷疑是否因為太專心製作展示架，而沒有注意到林P已經離開民宿時，他卻開門了。

「進來！」他揉揉眼睛，睡眼惺忪地招手。

房間裡彌漫著奇怪的氣味，酸混合著臭，類似穿著濕襪子一整天後所散發出來的狗屎味，我不小心多吸了幾下，噴嚏打到一半又莫名其妙地停住。就在這時候，我全身癢了起來。

林P邊刷牙，邊發出咕嚨咕嚨滿嘴泡泡的聲音，「幾歲，讀哪裡？」

我像被狼牙棒敲中。這已經是林P來到村裡的第四天，我們應該算熟悉吧！之前在廟前廣場，他就問過我這問題，還幫我抓了眼蟲，給出「黏液太多，導致骨骼無法伸長」的診斷。而昨天我們不也一起參觀了「生命教育館」？他怎麼可能不記得呢？

處女校長罵學生忘東忘西是不用心，而我卻懷疑林P罹患了痴呆症。好醫師都會提早變笨嗎？難道這就是用腦過度的後果？那我不能再浪費腦力幫烏鴉解數學題了。傳聞衛生所最後的駐診醫師醫術超級無敵高明，十多年前因為痴呆了不得不離開村子，衛生所牆上還掛著他的醫師執照，黑白照片看起來大概五十多歲，瞇細的眼睛慈眉善目。國小二年級的時候，我拿黑色簽字筆猛塗他大頭照的下巴當成鬍鬚。如果林P真的也變笨，那就大事不妙了。

林P聽到我是國一升國二的時候，表情一驚，「以為是國小。」

「我是比較矮，可是十三歲了，誰還在念國小？」

「嘿嘿！我那個年代的少棒選手就這樣啊！為了身材優勢，好出國比賽，我的鄰居在六年級的時候留級了——」

「小學留級，別讓我笑，烏鴉都能順利畢業了。」

「故意的。為了能贏，任何事都有人會做，還有冒用別人的名字以取得假學籍。」

「沒有運動家精神，爛透了！我最討厭騙我的人。騙子都要被罰上校長的公民課，她很囉嗦，會唸到你的耳朵壞掉。」

「公民課算什麼處罰！」林P用毛巾擦臉，「至少要罰勞動役，清洗無名屍的屍體，孤魂野鬼才可怕。」

「勞動役是什麼？」

浴室嘩啦啦的水聲太大了，林P好像沒聽到，他鼓起嘴巴刮鬍子，並沒有回答。

床上的背單被香菸燒出了五個焦黑的洞，這要賠錢的，我媽會獅子大開口，可是念在林P幫我們母子打折看病的分上，我媽會手下留情才對。我把床上的物品，包括鑰匙、發票、零錢、紙鈔、襯衫、蝴蝶結和西裝移開，身體呈現大字形躺下去。哇靠！床單都是汗臭味，太噁心了，我馬上又坐起來。

茶几上的紙杯塞滿了菸蒂，角落擺放著四個玻璃罐，裡頭有黑、黃、紅和藍色藥丸，像我幼兒園吃進去馬上吐出來的健素糖。玻璃罐內剩餘藥丸的數量不等，阿善伯的黑藥丸已經見底，我媽的紅藥丸剩下不到四分之一，而我和烏鴉必須服用的藍色還有一半的量。我環視房間一圈，金屬前臂枴倒在地上，換洗的兩件內褲懸掛在桌角，吃剩的泡麵、用過的衛生紙東一叢西一處，而紙碗和飲料罐擠爆了垃圾桶。從小我被我媽訓練得有些潔癖，正彎腰想收拾房間時，林P示意不用。

我終於將噴嚏一股腦兒打出來，接連五、六個，非常大聲，害我都不好意思了。我走到窗邊，拉開窗簾，推開窗戶，遠眺對側那像猩猩頭顱的山脈稜線，猛吸一大口外面的空氣，山嵐冷極了。颱風剛過，雲霧變幻莫測，幾分鐘前才出太陽，一陣風送來烏雲，暴雨就傾盆而下。

我關上窗戶。

「我找不到冷氣的遙控器。」林P說。

「什麼？」我以為聽錯。「村裡沒有人裝冷氣。山裡半夜很冷的，您會熱？」

「嗯！」

他果然用手帕擦起後頸的汗水，又穿上黑西裝。在內衣外面套上西裝這樣的搭配很滑稽，我盡量憋住才沒有笑出來。假如林P再戴起大紅蝴蝶結，我肯定就忍不住了。真搞不懂林P覺得熱，幹麼緊閉窗戶，又非得穿上厚西裝不可。大人的世界令人難理解，然而我也快要沒有立場可以質疑了，因為我的雞雞長毛，也有了一點鬍鬚，說來也算是半個大人了。

「民宿有Wi-Fi嗎？就是無線網路。對不起，好像第一天問過了，我想再確認一次，這附近哪裡能收到網路訊號？」

「沒有。」

「那，電腦可以上網嗎？」

「不行哦！山上也沒有有線電視，所以我們小孩下山看到電視，第一件事就是搶遙控器，一直按，不斷轉台，有一百多個頻道，可以跳來跳去。」

「沒有一台好看的。」林P冷冷地說。

「哪會？」

「沒有網路，太誇張了。四天前，我的手機掉到溪裡，摔破了螢幕，今天水氣退掉後，竟然能夠開機，可是連不上網路。我有重要的事得聯絡，不知道該怎麼辦。」

「樓下有投幣式電話，一分鐘十元。黑店，對不對？」

「市面上還有這種老古董？有意思，只不過我不知道朋友的電話號碼，我們都靠LINE聯絡的。」

我想起國小畢業時，王小華雖然生病還是榮獲第一名縣長獎，領到的獎品和平地的小孩一樣都是行動電源。沒有手機，這就像是廢五金，王小華尷尬地看著眼前的獎品，糗得貧血的臉都紅了。

「沒有網路，你們怎麼打線上遊戲？」林P問。

「那是什麼？電動玩具嗎？我家騎樓本來有搖搖馬，一年前，我媽換來了一台叫『太空軍校生』的彈珠台，就是樓下靠右邊牆角的那個，玩一次十元，三顆彈珠，彈珠跳來跳去，進到祕密隧道會發出『咻咻咻』的聲音，補血加分用的，聲光效果還不錯。」

林P撇撇嘴。

我突然又煩惱起校外教學必須完成的學習單，就把村長要村民回答兩個問題的前因後果詳細地描述了一遍，也詢問他對於「生命教育館」的看法。

林P問了村長夫人生病的細節，說：「關於第二題，『人們死前應否接受侵入性急救？』這在社會上爭論很久了，因為人心複雜，永遠不會有標準答案。」

我雖然點頭，並不確定有哪些情況會使得決策變得困難。

「第一題就完全沒有道理了。人體內不是只有肝、心、脾、肺、腎五個器官，還包括腦、胃、腸、胰臟和甲狀腺，對了，還有我們男生都有的陰莖和睪丸。醫師都搞不清楚自己什麼時候會生病，又生什麼病，普通老百姓怎麼會知道。這什麼白痴題目！」

「生病！您是指胸腔內的大腫瘤嗎？」

「我昨天開玩笑的，隨便舉個例子，別當真。」

「真的？您不會死掉吧？」

「我是醫學博士，不會騙人。我的藥丸也能夠起死回生，有什麼好怕的！」

「所以……能再幫我看看嗎？我體內的蟲是不是全死光了？」

我走近林P，請他診察，他卻示意我不必擔心。「乖乖吃藥，百分之百沒事。」

他安慰我，開始講起當兵時的故事。

「您的腳不方便，要當兵？」我問。

林P別過臉去，「退伍後才受傷的。」

「車禍？」

「嗯！為了從混亂車陣中救出一個重傷倒地的五歲小妹妹，所以——」

「哇！了不起，」我迫不及待地插話，「我沒辦法像您一樣勇敢。」

「還好啦！可以抽菸嗎？」林P又擦了額頭的汗水，把掛在耳上的菸含進嘴裡，

「算了，室內抽菸是壞示範……說到哪裡了，對了，部隊的旅長得了末期肺癌，醫官安慰他：『上車總有下車的時刻，如同旅長搭高鐵到台北，車到板橋站就應該整理行李了。能為人生的下車提早做準備，是再幸福不過的事情。』

「旅長大罵：『好你個屁，操你媽的屄，才二十多歲，你懂死亡？禁足一個月。』

「醫官回答：『難道旅長喜歡中風臥床，半死不活，臥床十年才死掉？』

「旅長說：『我堂堂軍人不會接受這種屈辱。』

「醫官又說：『或者旅長希望發生心肌梗塞，三十分鐘內，甚至幾秒鐘就斷氣？』

「旅長點頭：『這樣好。』

「醫官搖頭：『這樣才不好，瞬間死亡，您就無法跟李小姐告別了。』

「李小姐是旅長窩藏在台南的女朋友……旅長陷入長考的時候，醫官和我趁機告退了。講這個故事的意思是，死亡說起來簡單，其實很難，死到臨頭還反悔的人多著呢！話說回來，有這樣的反應也很正常，對於未知的事情，人們總是感到恐懼。也有和尚滿口佛號，要信徒放下，私底下跟我買藥，我也不知道他買那麼多壯陽藥丸要做什麼。」

「真的？」

「誰要騙你這種小孩，我又不是吃飽閒著沒事幹。」

「醫官敢頂撞旅長，真勇敢。當時您為什麼不說話？」

「成功一定有我，但不必在我。晉見旅長前，我和醫官進行了沙盤推演，這些說詞都是我提出的。」

「哇！」

林P哈哈大笑。

「村裡的衛生所已經關了十幾年，村民為了小病下山一趟，最少要花兩小時，這還不包括回來的時間。林P，您會留下來吧？」

「我處理完重要的事情就會做出決定。對了，長大後，你要做什麼呢？山上資源少，我們男人得有主見，提早準備才能夠提高成功的機率。」

林P這樣問，我很感動，像是我應該要有的爸爸。為了怕他看到我紅了眼眶，我轉身背對著他才回答：「當魔術師。」

「魔術師是騙子。」

「騙子？這樣說不好聽。我最不喜歡騙人了。」

「利用視覺製造出幻象來，不是騙子，是什麼？」

「魔術師穿著燕尾服、戴高帽子，把美女裝進箱子，用刀切成好幾段，美女死了，魔術師又把箱子接回去，美女就又活了，這樣不是一級棒嗎？」

「還好吧！你考慮清楚就行。」

我想起林P在廟前救治伍老師那像魔術般的神蹟，就問：「鬼壓床和過度換氣之間有什麼關係？生物課本裡沒有提到，我試著深呼吸，幾次之後開始頭暈，只好趕快停止。」

「你是國中生了，必須自己找答案。……對不起，我忘了，這裡不能上網。沒有關係，長大後就會理解的。」

「您的藥丸真的可以治百病？」

「你想想，男與女，陰與陽，這個世界不就是在混亂中追求一種平衡？只要人體內的四種體液保持和諧，怎麼會生病？相逢就是有緣，我來傳授你一帖起死回生的祕方，耳朵靠過來。」

儘管旁邊沒人，林P還是很神祕地用手掌覆住我的耳朵，以很低的音量說話，過程像極了武俠小說中老師父傳授獨門心法給關門弟子。

我的心臟怦怦跳動，全身三百六十五個毛孔全部都打開。

「聽清楚了嗎？」林P進行最後的確認。

「為什麼黑色要特別多顆？」

「黑色藥丸的作用是壯陽，男人的陽具是生命的泉源，部落圖騰很多都以擎天一柱為象徵，你不覺得它很重要？」

「可是我沒有錢買藥。」

「打三折，親情、友情價，跳樓大拍賣。」

「這樣我還是買不起，遠遠超過我好多年的壓歲錢，但是機會難得，我下樓跟我媽問問看。」

林P板起臉孔，死瞪著我。

房間裡的空氣彷彿被抽走，出現死一般的寂靜。

我胸口悶得無法呼吸。

林P沉默了十秒鐘，然後哈哈大笑，取出夾鏈袋，裝了藥丸給我，「開玩笑的，我怎麼會向你收錢呢？」

「我，我……這怎麼好意思。」我的眼眶泛紅，要拚命忍住，才不會讓眼淚掉下來。王小華死掉，我都沒哭，不知道今天自己在娘娘腔什麼。

「小事。」林P又滿身大汗了。

「我知道該怎麼回報您了，等一下！」

我咚咚地跑下樓，揣著端紫斑蝶標本，又咚咚地跑上樓。

我媽在前面的櫃檯大喊：「阿明，跑什麼？不會好好走路嗎？」

我沒空理她。這樣跑來跑去有點喘，然而我迫不及待地，上氣不接下氣地向林P描述起這隻端紫斑蝶的來歷，牠有多麼奇特，還喜歡吸食我的尿液，也說明了後續的製作過程。

林P上下轉動，仔細觀察起玻璃罩中蝴蝶的變異之處。日光燈下，翅膀反射出的藍色光影映在林P的嘴角上。

「這是我的寶貝，送給您，別嫌棄。」我說。

林P的神色凝重起來，汗水停止分泌。

他雙手捧著我的臉，盯著我的眼睛，緩慢地叮囑：「藥丸藏好，功效強大，不得已，不要使用，也就是不要使用是最好，畢竟讓人起死回生是跟閻羅王對著幹，這要付出代價的。」

5

長大後，想從事什麼職業？我想起來了，李螢也問過我同樣的問題。

李螢是我高二下時交往的女朋友。女朋友，沒錯，雖然我們很少見面，但是我想應該是這樣的關係。我們是在暑假的文藝營裡認識的，她擔任的是營隊小隊輔，營隊後三個月主動跟我聯絡。她大我五歲，那時已經是大三的學生了，當她假日回家，而我又剛好結束段考，我們會約在冷氣很強的咖啡館裡碰面。

她早就猜到我不是中部人，我很訝異，我一直以為隱藏得很好。

「是口音露餡了？」我問她。

「你猜嘛！」

「不說算了。」

「唉呀，生氣了，最近壓力很大哦！」她笑了笑，「你不愛說話，眼裡都是祕密，高中生的煩惱這麼多，真的好奇怪。」

午後的陽光從她背後大片的玻璃窗透進來，因為刺眼，我瞇著眼睛，看著窗外合果芋的斑白葉片在風中晃動。眼前的女大學生陽光開朗，身材嬌小，說話的速度飛快，戴著一副超大且圓的銀框眼鏡，綁著雙馬尾，懸垂在她小小的胸前，活脫是走出動漫裡的女主角。

沒有人知道我來自東部深山裡的村落。我總是說小時候住朴子，一個林P提過一次的南部海邊的小市鎮。我的如意算盤是，地點越冷門就不會有人發問，越不容易穿幫。事實上，我從來沒有去過那個地方，因此，在編織全新的身世之前，用谷歌地圖搜尋相關的市容是必要的功課。

在經過不同場合幾次的自我介紹之後，我完全催眠了自己。小時候就住朴子最大的廟宇「配天宮」後方的街道上，走路十五分鐘會到達就讀的國小。我也總是說，國中時爸爸罹患白血病過世了，之後和媽媽舉家遷移到中部來。

那天約會，咖啡館裡的人潮絡繹不絕，杯盤輕觸的聲音和細碎的人聲交談瀰漫在冷氣房中，營造出一種幸福的氛圍。然而不知怎麼了，我和李螢間的氣氛很僵，我的回話有一搭沒一搭的，也許是段考考差了，潛意識裡還思考著機率第五題的抽球問題，我搞錯了事件的樣本數，究竟是遺漏了哪些考量？約會過程我頻頻看錶，一小時過去了，我打算喝完眼前的大杯檸檬水就離開。兩個人的消費總共一百六十五元，她當作文家教，應該在可以負擔的經濟範圍內。

李螢說咖啡館裡冷，隨手披上了薄外套，然後問我：「澤明，大學想讀哪個科系？未來的目標是？」

我頓了好一會兒才回答：「當魔術師。」

「為什麼？」她用食指敲打桌面發出「咚咚」的聲音：「你太安靜了，個性並不適合啊！你的功課好，應該考慮更專業，更有前景的工作。」

「也是。」

「所以……」

「『魔術師』只是籠統的說法，未來會怎樣，我不大明白。我喜歡會變化的東西，而不同的把戲就需要不同的專業，工作的名稱也跟著不同。」

我不是故弄玄虛，實際上自己也搞不清楚，因為那時候我還被過往給牽絆住，很難再信任人，當然也沒有辦法對未來勾勒出清楚的樣貌。

李螢沉默了，用吸管喝著杯底的飲料發出了嘈雜的聲響。

我感覺到那是她生氣的抗議，就不好意思先離開，於是加點了滷豆干和花生厚片土司。

後來，我們聊起電影。

「我家以前開電影院。」我說。

那是以王小華家的原型來設定的，而我扮演的角色就是躲在賣票亭裡的王小華。

「都放映什麼片子？」李螢的語調輕快了起來。

我難道要如實說，首先是院線片，而後為了節省開支，改播放經典老電影，接下來計劃以三級片來起死回生，可是觀眾仍舊很少，只好收攤了嗎？我閉起眼睛，決定跳過這題不答，說：「沒有營業，早就倒閉了。」

「是換人經營吧？不可能倒閉的。」

「不對，直接收起來。」

「為什麼不再經營了？有一部老電影叫《新天堂樂園》，提到以前的賽璐珞膠片燃點很低，跟放映機摩擦生熱，一不小心就著火了，你家不會也是發生火災，燒得精光後不得已才搬到都市來的吧？」李螢握住我的手，「太慘了，不好意思。」

我不知道該如何回答，只好閉上嘴巴，假裝神祕。

李螢是電影社的，這方面的知識涉獵不少。過了不到三十秒，她又急著補充：「我這樣子的推論有問題，賽璐珞膠片老早就禁止使用了，火災不可能是結束營業的原因。你家戲院叫什麼名字？」

我正要說話，她卻不等我回答，用手機查起資料，指著螢幕說：「榮昌戲院，哈哈！是不是答對了？我很聰明吧！」

手機裡的圖片是一棟灰撲撲的三層樓長方形建築。

「哇！一九三三年建成的，號稱是當時東南亞最大的戲院。」李螢又說：「太巧了！我們社團這學期的重點活動就是安排老戲院的參訪，那時候我就可以光明正大地在你老家參觀了，拍照後，再傳給你，一定會勾起很多回憶的，說不定你會想起穿開襠褲尿尿的小時候——」

「不是這間啦！這太大了，我家很窮，只有一個很小的放映廳，能夠容納的觀眾很少。」我用力否認，也故作鎮靜。天啊！我竟然瞎掰到李螢的專長領域了。

「那是哪一間？」

「爸媽結束戲院後，又做了許多不同類型的工作。經營戲院時，我的年紀很小，年代太過久遠，真的完全不記得了。」

「你的記性好，一定又騙我了，唉！」

李螢盯著我的眼睛看。

的確，我不可能忘記，只是因為受到我媽的影響，我習慣說些無傷大雅的善意謊話。王小華家是「黎明戲院」，那是棟兩層樓建築，全票一百五十元，軍警票一百三十元，學生或兒童票一百元。根據我媽的描述，當年建造「國際能源研究中心」時，村裡引進了大量的工作人員，而「海拔最高摩天輪」的廣告也吸引過一票觀光客，村裡的戲院、攤販和我家的民宿，都曾經有過黃金歲月。

王小華的爸爸操作電影放映機，媽媽負責看顧戲院入口兼販賣零食，而王小華的工作是賣票。「國際能源研究中心」被裁撤後，黎明戲院每兩天就換一部電影，那是因為當時村裡的人口已經減少，需要隨時更換才能夠保持新鮮感。

我在每學期的結束才有一次機會能夠買票進到戲院裡，平時就只能望著電影海報裡大大小小的人物來想像劇情。有一年普渡，我用祭拜好兄弟的毛巾洗臉後，靈機一動，拿了一疊紙錢，遞進售票亭，壓低聲音，裝成好兄弟，說：「買兩張票。一張給你，一張給我，我們一起看。」

王小華嚇得哭出來，待發現是我惡作劇，拿著掃帚衝出來。

烏鴉的零用錢比較寬裕。我為了讓烏鴉出名，在他看電影時曾經提出「外找服務」，這是在山區因為手機不通不得已的辦法。外找服務是這樣子運作的：王小華把要尋找的人和理由，用麥克筆寫在透明塑膠片上，然後請王小華的爸爸插放到放映機的前方角落。電影放映時，畫面旁邊就會出現一塊透亮突兀的長方形，上頭會放大出王小華美麗的硬筆字：「烏鴉，媽媽生氣了，速回！」

烏鴉因此一星期不跟我講話，直到我幫他解決了超級複雜的雞兔同籠題才扯平。國小四年級，我媽清晨把我喚醒，說：「家裡沒錢，快破產了。」從此，我再也不能到黎明戲院看電影了。

我發現村裡偷情的男女都是先到王小華家看完電影後，才到我家民宿短暫休息，因為打掃房間時，我總是在垃圾桶裡發現戲院的黃票根、保險套和一大堆衛生紙。這著實困惑了我好一陣子，難道愛國戰爭片會激起男生女生想抱抱的慾望？直到烏鴉跟我說，黎明戲院掛出的電影片名是一回事，中間的加料才是重點所在。他會知道，因為他媽媽是警察。

林P來到村子的第四天下午，我叫他起床。他梳洗後，傳授了我急救的藥丸和配方，簡單吃了陽春麵又是滿身大汗。他脫掉西裝，說：「到一個全新的地方，你最想做什麼事？」

「像孫悟空一樣，尿尿後，在牆壁上寫『孔澤明到此一遊』。」我挺出老二做出撒尿的姿勢。

「狗才這樣。」

「對，小黑。」我笑出來，「可是我很少有機會離開山裡。」

「天啊！世界這麼大，村子這麼小，一直待著，你不無聊，我都快發瘋了。」

「哪會！和烏鴉在一起，什麼東西都能玩。」我沒說村裡還有美麗的伍老師。

「我會隨便找一間電影院，爛片、好片都行，從中間看起或提早離開也無所謂，我常常在戲院裡就睡著了。」林P又穿上西裝，繼續說：「怪吧！可是我喜歡這樣，因為下次再看到這影片就會想起這個地方。溪流的對面不就有一家戲院？走！我請客。」

「教授，我勸您不要嘗試，男女動作片不符合您的格調。」

「男女動作片？」

我詭異地笑著。

「黃色電影？」

「烏鴉是這樣跟我說的。」

「我們立刻出發，這種鹹濕味合我的胃口，也最能夠放鬆我的神經。我做研究過度使用了右大腦，為了平衡，得在左大腦輸入這類影像，也算是陰陽調和。」

我不知道該說什麼。

「對了，你才國中，未滿十八歲，不能看限制級的電影。」

「嗯！」

「別假了，男生欸，來這套。」他拍了我肩膀，「體驗一下，不會少一塊肉。我保證不會跟老闆娘打小報告。」

「來不及了，黎明戲院一個月前關了。」

「關了？那大人要做什麼娛樂？」

「有錢人全部搬走了，村裡沒有人看電影，戲院只好收起來。」

「小電影都引不起興趣，這個村子怎麼還有生機？完了！」

我當時並沒有理解到這句話的深意，以為生機就是單純的熱熱鬧鬧。我說：「不會的，晚上有廟會，不同的攤販聚在一起，滿好玩的！」

「我不是那個意思。」

「那是——」

「算了！」

林P不大高興，我趕緊補充說明：「明天是村長選舉，今晚六點在廟前的廣場將舉辦辯論會，而為了吸引村民參與，會有露天電影的播放，這也算達到教授的標準。現在是五點，我們先去逛一下，我媽在七點左右也會把麵攤推過去。」

「明天投票決勝負，今晚才辯論？」

「村裡的傳統就是這樣。候選人拚場比氣勢，在媽祖面前講述政見，說謊的會落選。」

「你真單純。在媽祖面前斬雞頭發毒誓，說會被火車撞死，我也不相信。這種誓，我發過幾百次了。科學，也就是Science，才是世界上唯一的真理。」

「我媽說，鬼神的事情還是相信比較好，但是您救過很多人，媽祖會保佑的。」

雨停了，烏雲也散去，想來我先前對於在雨中觀看露天電影的擔心是多餘的。

我下到一樓，我媽叫我拿把傘才能出門，這很反常，她應該是怕林P淋濕吧？

我含糊應了話，並沒有理會她。

我拉著林P穿越防砂壩。平日這是一條便捷的過溪步道，經過雨水沖刷，石塊上的青苔綠得好看，卻格外滑溜，暴漲的溪流發出轟隆隆的聲響，彷彿要把人給吞噬。林P的腳跛得更厲害了。我要他跨大步，他反而嚴重顫抖，突然一尾魚「咻」地跳起來，林P驚叫，若非我反應快，即時拉住，他就要變成落湯雞了。唉！城市人和山裡的野生小孩就是不一樣。等我們爬過最後的石塊，林P喘氣的樣子像是快中風，只得扯下大紅蝴蝶結和黑西裝，我趕忙將衣物接過來。

林P的菸一口接一口地抽，待他緩和心神，繞到黎明戲院前看了又看，好像對於終止營業十分惋惜。

牆上的廣告大看板還停留在好幾年前的《戀戀風塵》，歷經風吹雨打褪了色。還好海報設計本身就是黑白的，和起初的樣子差別不大。電影海報的片名字體歪七扭八，像烏鴉的寫作本。這部電影的背景和我家一樣，也在山村，只是我們的更加偏僻，沒有火車經過，而這樣的相似是否就是王小華爸爸沒有撤下看板的原因呢？我不清楚。這電影我小學三年級的時候看過，裡頭的音樂很有味道，但是劇情瞎透了，女主角竟然拋棄了男主角，跟一個郵差跑了，而對白像生活中的說話，不像演電影，不到二十分鐘，我就呼呼大睡，浪費了好不容易才有的一百元。王小華當然沒有搭理我散場時吵鬧要退票的事。

「為什麼叫黎明戲院？」林P問。

我搖頭。

「會不會是黎明時，男人的老二都翹起來，而不能翹起來的人就必須來看電影讓它重振雄風？」林P說著，自己都笑了，看來已經從驚惶中恢復過來。

我不覺得好笑，也不習慣葷黃的笑話，在死去的王小華家說這些有的沒的，特別讓我感到彆扭。

我走到售票亭，從小小的洞口往內看，裡面有椅子、印章、印泥，和幾疊不同顏色的電影票，當然那已經無法再賣出去了。王小華死後，這是我第一次走近她家，腦海裡全是她邊賣票邊寫作業的模樣。

記得小學五年級時，有客人給小費，我來到黎明戲院想證實烏鴉的說法，可是王小華怎麼也不肯賣票，我生氣地罵「恰北北」。兩天後，和烏鴉到山谷裡採到了一朵不知名的蕈菇，紅色蕈傘小巧可愛，傘柄則是白橙兩色各半，蕈菇的質地堅硬極了，我使出了吃奶的力氣才擠出一小滴汁液，偷偷加在王小華的午餐盒裡。我明明很喜歡王小華，下午看她跑去廁所拉肚子，竟然暗自高興，只是在她第三次舉手跟老師報告「肚子痛……」時，我徹底後悔了，然而來不及了，一週後，王小華高燒不退住進醫院，被診斷出得了白血病。

林P在遠處抽菸，白色煙圈從嘴巴呼出來。我則對著烏漆嘛黑的售票亭想起這前塵往事。

對於一個家裡經營過民宿的孩子，帶過形形色色的紅男綠女進到房間裡，在門外聽過咿咿啊啊的聲音，我自認在小六的時候就能夠在極短時間裡，憑著這對男女爬上樓梯時的互動，判斷出他們的關係是情侶、偷情還是金錢交易。我曾跟林P炫耀過自己年齡小卻老成世故，好人壞人都難逃我的火眼金睛。自誇的時候，還不忘做了一個孫悟空遠眺的姿勢。林P不置可否地扯扯嘴角。但是，關於男女在房間內的知識畢竟全是我腦補得來，我聽過聲音，卻沒有看過畫面，和烏鴉相比，級數就有明顯的差距。

那天和李螢結束了電影的話題，離開咖啡館，搭上公車，車門關的瞬間，我聽到外頭的一聲：「老大！」

我愣住。

在那匆忙的一瞥中，烏鴉，如果那真的是烏鴉的話，他的臉型全變了，還戴起眼鏡，身材也不再高瘦——那也許是我抽高了，才對應出他變矮的錯覺。聲音啞啞的倒是我熟悉的模樣，但只有一句「老大」，不包含烏鴉特有的ㄓ、ㄔ、ㄕ、ㄖ捲舌音，我實在無從判斷究竟是不是他。

司機不耐煩地催促我快點投入零錢或刷悠遊卡，我卻急著擠到公車末端，想透過後方的大窗戶，再次確認那個人的長相。

車內擠滿了乘客，我背著背包，即便是移動一小步都非常困難。李螢跺腳又大喊：「孔澤明，你到底在幹什麼？」車內乘客盡是嫌惡的眼神。我豁出去了，只管拚命往後走，車子在這時候轉了個大彎，我心裡喊「糟糕」，也差點因為沒有抓牢上頭的吊環而跌跤。

終於我來到車子後頭的長排座位處，跟乘客匆忙道歉後，我請求他們幫忙能否讓出一小處的空位。我連忙跪上椅子，只是座椅靠背高得遮住了大部分的視線，馬路上並沒有出現烏鴉那熟悉的身影。

事後，我有意無意地造訪這街道，不同的時刻搭上同一號次的公車，可是再也沒有聽到「老大」這句企盼中的聲音了。

我最後接受那是幻聽的事實。

而那天和李螢下了公車後，我像洩了氣的皮球，不發一語。李螢感覺到那也許和我的祕密相關，就放棄追問，只緊緊地牽住我的手。我的手冰冷極了。我們在街道毫無目的地漫步，最後繞進了一條小巷子。巷裡的大榕樹垂下氣根，枝葉遮住大半的天空，陰涼濃蔭，靜寂無聲，要不是遠處有外傭推著輪椅，一隻毛色髒汙的白狗嗅嗅又停停，我會以為這是一條時空凝結的長廊。榕樹的對側是一家麵店，陳舊的板凳上坐著一個搬運工，他正在打盹。巷尾處有間兩層樓高的小賓館，市招是鏽痕滿滿的白色漆底，褪色的楷書紅字寫著「太平旅舍」。

我的心跳加快，這不是我熟悉的場景嗎？下意識地我在門口停下了腳步。

我和李螢都沒有說話。

是李螢先開口的，她說：「要進去嗎？」

「我，我……」

最後，我竟然是用我還沒有滿十八歲搪塞了過去。

我很氣自己，媽的！這檔事情和幾歲沒有關係的。

「我不漂亮？」李螢的聲音小到幾乎聽不見。

我沒有回應。

「你不喜歡我？」

「我很喜歡你。不好意思，是我過去的事情沒有處理好，思緒上出現障礙，造成對人的習慣性猜疑。簡單來說，是我還沒有準備好，不是你的問題。你真的很好……」

這是我和她最後一次碰面，也是我對她說的最後一段話。

回到家，明明沒有吃晚餐，我卻說吃過了，關到房間裡，坐在書桌前，打開英文課本，一個個單字卻在我眼前飄逸消散。牆上掛鐘的秒針一格又一格地跳動，發出巨大的聲響，不知道過了多久，我嘆了口氣，站起身來。

算了算，我搬離了山區四年，也逃避了四年，如今我的身軀已經是大人了，我想，非得和自己做個了結不可，否則我將永遠無法長大。

6

我家民宿前有一台鴨子造型的電動搖搖馬，投入十元硬幣後，鴨子會上下晃動左右搖擺，唱起〈家〉這首童謠：「我家門前有小河，後面有山坡，山坡上面野花多，野花紅似火。小河裡有白鵝，鵝兒戲綠波……」

每次唱到這裡，烏鴉就說：「老大，這隻鴨好像就是為你家訂做的，民宿真的前面有河，後面有山欸！但是沒有鵝，用這隻大笨鴨來代替剛剛好。」他講話雖慢，行為卻像個過動兒，邊笑邊從搖搖馬跳下來，終於在國小三年級那年跌斷了上排的左邊門牙。

烏鴉媽媽因此來我家理論。

「小朋友唱唱跳跳，我怎麼擋？」我媽象徵性地用雞毛撢子打了我屁股，又拿鑰匙，旋開投幣箱，把裡頭唯一的一枚硬幣還給烏鴉。「弟弟受傷了，伯母不收錢，十元拿去買冰棒，以後要注意。」

我假裝揉屁股，看著烏鴉的嘴縫因為缺牙，黑了一個洞，想笑卻不敢笑出來。

小六時，我媽用搖搖馬跟廠商換來一台老舊的電動彈珠台。放學後回家，我發現民宿前的擺設不一樣了。彈珠台正閃動著豔麗燈光，發出像煙火發射的「咻！咻！」聲。

我媽遞給我一把零錢，要我試玩看看。

我拉動彈簧推桿，彈珠被彈到左側撞到牆壁後反彈，在緩衝器間跳來跳去。

「搖搖馬沒有壞，還能唱歌，為什麼要賣掉？」我問。

「村子裡已經好幾年沒有出現嬰兒的哭聲了，你沒有注意到嗎？小屁孩少了，這搖搖馬搖不出錢來了。」

確實，村裡沒有再見過新生的嬰兒了，這件事讓我震驚，就在那一瞬間，彈珠從左右的操縱擋板間掉落下來

「來不及坐最後一次搖搖馬，心裡怪怪的，下次早點告訴我。」

雖然我跟這隻電動鴨的感情很深，事實上，讓它唱歌已經是我上小四的事了。那時候，師傅來民宿修理水電，我發現電器盒裡那必須推開折斷，好讓電線通過的金屬圓片，與十元硬幣的大小差不多，不同點在於重量比較輕，只有約四分之三。我搜集地上那三枚水電師傅丟棄的圓形金屬片，趁我媽不注意時，扔進搖搖馬的投幣孔裡。

說時遲，那時快，電動鴨唱起歌來。

我沒有坐上去，只把手搭在鴨脖子上，讓手臂隨著音樂的節奏起伏，忽然發現這電動鴨就如同烏鴉說的，笨得可以，也覺得今天這首兒歌比過往唱得都還要好聽。

月底，我媽結算費用時，氣沖沖地問我：「有人作弊，你知道誰這麼混蛋嗎？」她攤開手掌，露出了我擲入的兩枚金屬圓片。

「哪知？」

「這樣的錢也省。下次讓我孔若云抓到，一定讓他好看。」

「實在可惡。」我跺腳附和。

我憋得肚子發疼。這樣想笑卻不能笑會得內傷，如果因此讓經脈氣結就得不償失了。當晚，我想像自己是個隱居山林的武林高手，在房間裡調息好任督二脈，然後將最後一枚金屬圓片收進寶貝盒裡。

我的寶貝盒是個餅乾鐵盒，已經生鏽斑駁，那是家裡在我五歲時收到的喜餅。外頭的圖案是個大眼睛的小女生，戴著魔術師高聳的酒紅帽，上頭綁著優雅的蝴蝶結。我把從小到大的好東西都藏在裡頭，比如說，用來作弊，玩搖搖馬的金屬圓片、戰無不勝的彈珠、林P給我的藥丸、十一張電影票根，還有王小華在小學四年級時寫給我的「對不起」小紙條。電影票是粉紅色底的兒童票，價格以前是九十元，之後調整為一百，但不是重新印刷，而是用原子筆寫上新的價格，再蓋上了戲院店章。至於王小華為什麼要道歉呢？老實講，我不清楚，問了，她也不說，這就是女生。

我的寶貝盒無法上鎖，真是讓我困擾，雖然我媽承諾不會去翻看它，但是大人的話，尤其是媽媽說的，是沒有小孩會相信的。如果我能有一只村長送的陶瓶，我會將想說卻又不能對任何人說的祕密，寫在小紙條上，丟進陶瓶裡，這樣就能夠徹底解決問題。

關於「祕密」，在烏鴉識破我喜歡王小華後，我和烏鴉進行過一場嚴肅的對話。

「祕密被破解，最煩了。」我說。

「我覺得還好。我害怕的反而是路上的人都知道了我的祕密，卻假裝不知道，在心裡偷笑，我還白痴地以為我藏得很深。」

「我才不會像你那麼笨。反正祕密不外洩，就是誰都不要說。」

「我的嘴巴忍不住啊！」烏鴉摀住他的烏鴉嘴，「有一天，我想清楚了，祕密就是等待高手來破解的。像武俠小說裡必須切掉老二才能夠練成的祕笈，老師父也不甘心放火燒掉——」

「等等，要切掉老二？那女生來練就好了。我們把祕笈都送給王小華。」我邊說，心裡浮現出希望來，等王小華練成絕世神功，白血病也就痊癒了。

「又不是切掉老二就是女生，漂亮的女生還有大奶奶。」烏鴉捧出胸部，露出猥褻的表情。

「這你最懂了！」

烏鴉假裝老成世故，搖頭晃腦地說：「老師父為什麼要把傷害身體的祕笈藏到深山裡呢？我想通了，『藏』的目的，就是讓有緣人來發現的。」

「有道理哦！」我眼睛一亮，「你今天吃了什麼藥？聰明了不止一百倍。」

「像老大喜歡王小華，我知道了，並沒有偷笑，而是直接說出來，老大不是也很高興有我這種好朋友嗎？」

烏鴉跩得如同有尾巴立刻就會翹起來的模樣，這嘴臉著實讓人討厭。我說：「有嗎？我可沒有這樣。」

我嘴上不承認，但是，事實上確實是這樣的。

我喜歡王小華和伍老師，自以為隱藏得很好，肢體語言露了餡，那也是沒有辦法的事。可是有些祕密如同烏鴉的「頓悟」，沒有把它說出來，就是讓人渾身不對勁。我想起小時候看過的童話，「國王有一對驢耳朵」，當野草搖曳，將祕密散播開來，理髮師心裡除了驚慌，應該也鬆了一大口氣吧！因此，我得創造一個能夠抒發祕密的環境才行。

我媽自始至終都沒有去參觀「生命教育館」，我不好意思催促她，這樣好像強迫著她去面對死亡。我真想告訴她，是否認真參觀並不重要，走進去，再直接出來也可以，我只是要接收那只村長送的陶瓶，好暢快地將心裡的話寫下來，丟進去，然後封存而已。

伍老師跟我講過一個祕密。那天課後，我拿了整整被改錯一個大題的試卷，去跟伍老師要分數。她揉著眼睛，吐舌頭，尷尬地說，她家裡出了點狀況，忙來忙去才發生了這麼愚蠢的錯誤。

這事，我有所耳聞。那是星期一下午烏鴉的數學課，上課時，伍老師的情緒不佳，為了趕著下山，還提早八分鐘結束課程，臨走前，烏鴉掃到了她少見的颱風尾。伍老師語重心長地提醒烏鴉，「要作弊就得有技巧，你的數學作業怎麼可能全部答對。計算這麼多，不可能不粗心的。」她拍了講桌，「學生最不應該的就是欺騙善良的老師。」

這件事，我可以作證，十個數學大題都是烏鴉自己完成的，因為他被媽媽禁足，無法來問我。人嘛！難免有高光的時刻，何況烏鴉開竅了。伍老師碎碎唸後趕著離開了。隔天清晨，伍老師又摸黑上山來教導我們第一堂的英語課。

那時，伍老師左手捧著書本，右手拎著提袋，面容疲憊地走下講台。她大概整晚沒睡。我小心翼翼地端好水杯，像隻哈巴狗跟在後面，一邊思考著該如何幫烏鴉解釋。伍老師洗掉手上的粉筆灰，在嘩啦嘩啦的流水聲中，伍老師忽然提到她母親也是罹患白血病，但和王小華歸屬在不同的分型，在得知母親生病後，她終止了打工遊學，回台照顧。

「我母親的骨髓移植失敗了，家裡亂成一團，又上了推銷員的當，買了一大堆健康食品，不知不覺中積欠了數百萬元的債務。」

「我長大賺錢來幫老師還。」我頓時忘掉要幫烏鴉申冤，拍起胸脯，做出保證，像個成熟的男人。

「這社會的暗箭，笑裡藏刀的大壞人——」

「什麼？」

伍老師終究沒有說下去，勉強擠出笑容，「謝謝。老師會自己處理。」

國二上，搬離山上前一晚的十一點左右，寒風讓人發抖。我記得那是十二月的眉月天。看著眼前打包的行李，少少的東西排成一列，我發呆了好一陣子。

我媽送走了最後的客人，用抹布擦手後，走進屋裡。

「我出去一下。」我說。

「很多路燈壞了，雜草旁邊一堆小黑蚊，你拿著手電筒。」

「手電筒不知道扔到哪個行李。」

「我找找。」

「算了，只是去跟烏鴉說說話，很近的。」

「等等，我找一下。」

我並不是去找烏鴉。揣著藏在夾克內面的寶貝鐵盒，我沿著溪流往上走，經過摩天輪，往左邊的方向又爬了一大段的山路，來到王小華的墓前。

月光照著香爐上殘留的線香，雜草蔓蔓，蟲鳴唧唧，整個墓園沒有我想像中恐怖，月光下的落羽松林呈現一大片的橘黃色。我將鐵盒取出來放地上，靜靜地站著，不知道過了多久。我沒有嘗試跟王小華說話，當然也說不出近幾個月來校長和伍老師在村裡發生的事情。

我找了塊尖銳的石頭，挖了一個四方形的坑洞。寒風中的我滿身是汗。我想起王小華死掉的那天放學後，在四下無人的教室裡，我在講桌左邊靠窗第一排的第一個位置坐了下來。那是王小華的最後座位。抽屜裡留有筆記簿，只寫了三行，字跡歪七扭八的，想來因為生病，她已經沒有力氣握筆。還有一包用掉一半的面紙。我的屁股熱了起來。王小華罹患白血病真的是那朵紅色蕈菇造成的嗎？我曾經跟烏鴉表示，我一定要吃吃看。然而，再次來到山谷卻遍尋不著同樣顏色的毒菇，回程中，我只好從地上的腐爛枯木摘取一朵白色最大的當成替代品。

「拜託，不要！王小華死掉又不關老大的事。」烏鴉大喊，最後甚至哭出來，又說：「那朵紅色的，我們壓了半天，也才擠出一滴汁，我就不相信會比百步蛇還毒。老大吃，我也會跟著吃哦！」

「不吃，不吃了，做成標本總可以了吧！」

「那……標本要讓我檢查。」

我把鐵盒放到土坑裡，裡頭有我的精心收藏，包括福馬林瓶、彈珠、電影票根、小紙條、蕈菇標本。蕈菇曬乾後縮水了許多，變成咖啡色，還散發出酸味。而原本作弊用的金屬圓片以及林P的救命藥丸已經用完了，當然就沒有在裡頭。鐵盒裡增加的是我寫的五張六百字稿紙，雜亂記述著烏鴉、我媽、林P、校長、村長和伍老師的事。當我掩上黃土時，突然感覺到無以名狀的落寞。鐵盒上小女孩的酒紅色帽子終究消失在我的視野裡，我用腳反覆踩踏，試著讓泥土扎實些，最後在上頭放置了刨土的大石塊，當成是標記。

落羽松林在風中發出沙沙的聲音，枝幹宛如手臂般地來回擺動。貓頭鷹發出咕咕鬼叫，黃眼珠左右晃動，在黑暗中顯得詭異，一會兒後，牠飛到最高的枝幹處，像在俯視著整座山林。

我無法預料我要相隔五年、二十年或四十年，才會再回到這山裡。而當我回來時，又將是以何種身分呢？當然，也可能不會再回來了。假如有一天，我在社會闖蕩，落得滿身是傷，相約烏鴉，再次踏進這村裡，也許會發現，我的祕密早就被頑皮的小孩挖出來當成笑話，看個精光了。只是烏鴉那關於「祕密」充滿哲理的見解縈繞在耳邊。我想，我必須勇敢些，不必在乎俗世那麼多的耳語。

根據我這位未來魔術師的讀心術，我媽的祕密就是她喜歡林P。我對於林P的印象很好，但是腦海裡一浮現林P動不動就滿身大汗的模樣，不自覺想笑。對照一個醫學教授理所當然濟世救人的風範，生活中他的房間髒亂不堪，還直言不諱愛看小電影，這樣的反差，也讓我難以適應。

然而，我也無法接受我媽的一些堅持。舉個例子，烏鴉在假期後分享他住宿平地旅館的經驗，「電視台超級多，遙控器上的按鈕五顏六色，轉到後面全是妖精打架，光著屁股這樣那樣噗滋噗滋。老大，知道嗎？」烏鴉用雙手進行姿勢和動作的補充，「好死不死，我媽從浴室出來，我趕快關掉，有夠可惜的。旅館嘛，就是讓男生跟女生睡覺，沒有這種片子，才奇怪。」

過了好久，我才理解烏鴉前言後語隱含的意思。他認為我家民宿一定搜集了不少的女優片，只是被我藏起來偷偷播放罷了。我說：「你怪我好東西沒有和好朋友分享？」

烏鴉露出羞澀又狡詐的表情。

「如果真的是這樣，我幹麼一直動腦筋，要跟王小華買電影票？」

「對哦！」烏鴉頓了一下，又說：「可能是老大認為大銀幕的比較刺激。」

「刺激個頭，我媽跟王小華媽媽是好姊妹，我家也播放露毛露點的，王小華家老早倒閉了。」

烏鴉仍是一臉半信半疑。

「我家民宿生意一直很差，再不變通會餓死，可是我媽自認為是孟母，固執起來，誰都沒有辦法。」

我之所以努力創造與林P接觸的機會，除了外來的和尚會唸經，也是對於醫學博士的好奇，但是最重要的原因是孝順。如果林P能夠成為我爸爸，家裡的經濟壓力就得以緩解。當然，我得在我媽再婚前多了解他才行。

林P闖進村子的第四天下午。

在王小華家門前，他從鼻子噴出最後一口煙圈，把菸屁股彈進溪流裡。我揮手，向售票洞口告別，離開了黎明戲院。

穿過竹林，走下矮窄的石板階梯路，那便是通往村裡市集的捷徑了。巷道裡的公雞氣宇軒昂地走在路中央，雨天爬出來的蚯蚓，成了牠的晚餐。屋簷下的蜘蛛殘網黏附著小蝴蝶，而蜘蛛早已不知所蹤。我和林P沿著階梯往下走，天雨路滑，我才要回頭示警，林P已經跌了四腳朝天，膝蓋一時之間流血不停。我口袋裡的衛生紙都包滿了鼻涕水餃，而林P想用手來壓住出血的傷口時，卻滿手都是泥汙。

林P手指著血漬，「這……那……」語氣顯得慌亂。

「交給我，等我一下。」我說。

我從陰濕的岩壁上找來一株金狗毛蕨，撕了一些，敷在他的膝蓋上，不一會兒血就止住了。

「這東西醜醜的，還真有兩下子，」林P站起身，拍掉褲子上的泥塊，又說：「這種出血只要紅、黃藥丸各吃一顆，五秒鐘見效，但我出門太趕，忘記帶出來了。」

「您的藥丸珍貴，殺雞不需要用牛刀。」

風吹來，烏雲飄下雨絲，五分鐘後又停了。我折了姑婆芋的大片葉子當傘，手掌被葉柄的汁液噴到後，癢得難受。我蹲在野溪旁沖洗時，突然想起身中黑色大花曼陀羅劇毒，凶多吉少的小黑。

下午六點，我們來到天明宮前的廣場。

廣場前有著兩根形狀像燈籠的大紅石柱，右後方是香爐，左方有戲棚子，戲棚子曾經有過歌仔戲的演出，可是那是非常遙遠，在我出生之前的事了。天明宮不大，一個正廳，兩個副廳，正廳供奉媽祖，右副廳是保生大帝，左副廳則是註生娘娘。

雖然是夏天，山上的天色暗得快，不久前才晚霞滿天，一下子太陽就掉到山溝裡。

村長選舉的雙方陣營掛上了旗幟，擊鼓聲起，看來是進入最後的辯論前準備。廣場上的民眾不多，形形色色的攤販分立在兩旁，好幾組賣金紙的在人群間穿梭。

林P揮手驅離了來兜售的村民，又買了兩支豬血糕，隨手遞給我一支，邊吃邊稱讚花生粉有獨特的香氣。我走近醃漬芭樂處，他搶先付錢，卻表示這東西綠得好看，但色素多，對身體不好。我才剛從眼蟲風暴中復原，嚇得縮手，說不買了。小販瞪著林P。林P沒搭理，逕自往前走，講起他小時候愛吃辣炒燒酒螺，可是知道海螺內常有中華肝吸蟲寄生之後，就克制自己的嘴饞，不再購買。

「山上沒有燒酒螺。中華肝吸蟲是什麼蟲？蟲那麼大隻，要怎麼寄生到海螺裡？跟我的眼蟲一樣嗎？」我問。

「這很複雜，你別管，不要亂吃就好。」

「您有四色藥丸能治療所有的疑難雜症，怕什麼？」

「有句話叫『上工治未病』，講的是『預防勝於治療』的概念，健康不生病，不是比較好？」

「沒錯。」

林P走到「十八啦」處，試擲兩把後，又將三個骰子丟回到碗裡，骰子發出彈跳的咚咚聲。民眾的喧譁聲漸漸升高，旋轉的七彩燈光點綴著昏暗的天色。三太子、千里眼、七爺八爺的人形立偶一尊尊立在廟前，一群中年男性蹲在地上吃便當，想來這些人是讓神明活過來的真身了。廟宇左右各有發言台，上頭分別標示著對於遷村的「贊成」與「反對」。

我們進到廟宇，雙掌合十拜拜。

「奇怪了！」林P問：「山上拜的都是虎爺，土地公騎著虎爺上山來管事才對，你們卻拜媽祖？祂可是個海神。」

「這有故事的。一百年前，有個歐巴桑拜媽祖到了走火入魔的程度，每天走六小時，只為了祭拜三十分鐘，很有毅力吧！但是半年後膝蓋就壞了，她大哭，決定偷走神像，在家裡供奉。得手後，她特別走了山路，避免被發現，想不到在樹下喝水，休息後要再趕路的時候，媽祖卻重得揹不動。」

「爬山很累，我都受不了，就別說歐巴桑了。」

「是媽祖顯靈了，歐巴桑連續擲了十二次的聖杯，媽祖表示要在這個山上住下來。」

「山上的空氣比較好嗎？我得好好看看哪裡來的媽祖這麼注重養生？」林Ｐ一臉的嘲笑樣。

我拉住林Ｐ，說：「偷來的神像早被要回去了，現在的鎮殿媽祖只是分靈。說起來很玄啦，神像歸還後不到半年，媽祖休息的樹木便枯死了。廟公擲杯，村民遵照媽祖的旨意，鋸掉樹幹的上半段，將它丟棄，剩下的下半段削掉樹皮，雕刻成目前手持著奏板、黑臉、高大概五尺的鎮殿媽祖。所以媽祖的底座是樹根，再也不能被偷走了。這也有不好的地方，生日時，祂就不能出外巡街，哈哈！」

「我三天不出門會生病，媽祖被關了一年又一年。廟公把保生大帝放旁邊，為的是治療媽祖的憂鬱症嗎？」

「教授愛說笑，不是關，是接受村民的香火，神是不會生病的。」我加強了語氣，「您不知道嗎？傳說中媽祖和保生大帝戀愛失敗，變成了死對頭。」

「那把祂們兩個放一起是方便打架？」

「您講話真好笑。山上什麼都缺乏，就不管那麼多的規矩了。」我指著外面，「像三太子、千里眼和順風耳在鬼月出巡，您不覺得怪怪的？」

林P的淡漠表情好像表示著，這沒什麼。

我又說：「小學時，我偷拿錢，買棒棒冰，半夜肚子痛到冒冷汗，擦了整瓶的綠油精都沒有用，我媽揹著我，跪在保生大帝前面，點三炷香，用香腳，也就是線香後面的細木枝貼在我的手腕，恭請神明把脈。」

我走到保生大帝前方，進一步介紹：「這是藥籤筒，有『男科』、『婦科』、『小兒科』、『眼科』和『外科』。我媽從小兒科裡抽出一支籤來，擲筊後到中藥店抓藥，藥難喝死了，但是我拉了三次肚子，睡一覺後又變回一尾活龍。」

「迷信。我不是說過，Science，科學才是王道。」

「這也是沒有辦法的事。十多年前的衛生所在老醫師生病離開後就廢棄不用了，村裡沒有醫師，出外交通又不方便，村民生病就只能問神。您……會留下來幫忙吧？」

林P「嗯」了聲。

廟宇內紅通通的。我跪在媽祖前，揣想這也許就是那天伍老師跪拜的位置，膝蓋頓時發熱，想祈求點什麼，一時之間並不知道該怎麼說才好。又想起伍老師的媽媽罹患重病，她祈求保生大帝的可能性高些，就繞到右副廳拜了拜。左副廳的註生娘娘和我及伍老師就沒有關係了。我最後留在正廳房，廟裡除了林P外沒有別的人影，蔡董也不在泡茶几旁邊。媽祖兩側紅燭炬燃，香煙裊裊，燻得牆壁上忠孝仁義的人物雕像蒙上了一層黑煙。林林總總的故事裡，並沒有孫叔敖殺死兩頭蛇，不知道這麼重要的典故為何沒有被刻在上頭，窒悶的煙味讓我咳嗽不已，連忙快步逃出這廟宇。

林P還在四處亂晃。十分鐘後，一拐一拐要跨過廟門那高聳的門檻時，因為先前在石階小路跌倒受傷過，抬腿的動作變得困難。

我上前扶他一把，順便探查傷口。金狗毛蕨早掉了，傷口並沒有爆開流血。

「謝謝！」林P好像很感動。

這只是舉手之勞，我不好意思地把臉撇開，閃避這可能是未來爸爸的眼神。

「這宮廟還供奉註生娘娘，有特別的意思嗎？」林P問。

「鼓勵大家多生一點。村裡很久沒有嬰兒了，又死了一堆人，加上人口外移，再過十年，不知道村子還在不在。」

滅村，意味著整個村子的消失。人生病時，可以倚賴林P的藥丸來挽救，然而當村子沒落，是否有救治的方法呢？我沿著廟埕往外走，無論如何思考都找不到答案，這個問題似乎比數學難上許多。

「放映什麼片子？」林P問。

「武打或搞笑片，通常都這樣。」

露天電影院的大白布在風中發出晃動的聲響，影片中的人物也變形了。板凳上的村民零零落落，「八仙過海」的敬神片頭當然引不起村民的注意。

「電影放反了？」林P說。

「是我們站錯邊了。」我笑著，「其實正反邊都可以。如果這部電影我看過，我會站到另一邊，假裝是新的，再看一次。」我指了指布幕，「以前是膠卷電影，師傅在不同的放映機間切換，功力好壞差別很大，王小華的爸爸就是其中高手。最近的播放改成筆記型電腦加上投影機，一片到底，沒有技術的問題，不可能會放錯。」說著當下，我懷念起古老的放映機來，兩個轉輪就像是腳踏車的車輪，長條膠卷運行時的嘎嘎機械聲，彷彿就在我耳邊迴響。

觀眾席鼓譟起來。

放映的是布袋戲。鏗鏗鏘鏘的打鬥聲加上布偶翻來跳去，非常熱鬧。模糊的畫面卻讓我懷疑自己近視了，我開心地揉著眼睛確認。就在這時候，一個女布偶以八字步的方式走上舞台，並開始唱歌：「無情的太陽，可恨的沙漠，迫阮滿身的汗流甲濕糊糊……」

林P興致高昂地跟唱著，後面的歌詞完全不對了，依然亂唱一通，然後他問我：「這是野台戲時順便錄下的嗎？」

「超難看，不好意思，特別請您來，結果卻是這樣。露天電影院是第一次播布袋戲。」

「這是《苦海女神龍》的主題曲。以前布袋戲很流行，不知道為什麼，不是現場演出的布袋戲就是怪怪的。」

「『生命教育館』花光了錢，電影放映才亂來，可惡！」

「放個電影花不了多少錢，是不用心，政府官員就是這樣。算了，還有什麼好玩的？」

「待會兒是辯論會，您稍等，我得回去幫我媽把麵攤車推過來。」

過了大概三十分鐘，我又衝回到廟前。細雨又飄起來，天氣涼冷，廣場的人潮更加稀少，布袋戲已經停止放映，我來回穿梭，卻看不到林P的蹤影，倒是發現烏鴉在香腸攤打彈子，跟在旁邊搖著尾巴的竟然是小黑。

小黑，真的是小黑！我忍不住蹲下來抱牠，只是牠滿身泥濘，說有多臭就多臭。等我理智線重新接上之後，我用腳輕輕地踢了牠的肚子。小黑不像以前懶散地走開，反而猛舔著我的腳毛，彷彿在報答我的恩情。癢極了！這種癢跟姑婆芋引起的不一樣，小黑的舌頭粗糙又黏著口水，帶來了一種溫熱的感覺。

「小黑吃了林P的毒花居然沒死，厲害囉！」我跟烏鴉炫耀。

「一朵花不會太毒啦，所以紅色野菇也還好。王小華——」烏鴉嘴裡叼著牙籤，眼睛沒有離開過彈子台。這彈子台是傳統機械式，和我家那台國外進口強調聲光效果的大不相同。烏鴉的彈珠在鐵釘之間彈跳，發出了叮叮咚咚的聲音，最後落入二十分的凹槽裡。

「黑色大花曼陀羅是華佗麻沸散的主要成分，你不要小看關公時代的古毒。」我打斷烏鴉的話。

「那，小黑還活著，林P的功力未免太差了。」

「不對，是我救了小黑。」

我加油添醋地講述起整個救治過程，強調一顆小小的黑藥丸竟有如此神效，也難怪林P的生意興隆。我又推了推烏鴉的肩膀，「一整天都消失到哪裡去？」

「老大，害我彈珠打歪了啦！錢得賠我。」

「囉哩吧嗦！」

烏鴉氣得嘟高嘴巴，掏出口袋裡所有的硬幣給老闆，卻只換來了半條香腸。他阿

Q式地想討回點什麼便宜，又跟老闆多要了幾顆蒜頭。

香腸的油脂滴到炭火上，發出了「七」聲。

我的口水流出來。

烏鴉扔了一小截給小黑，並沒有讓我咬一口的意思。我暗示他：「吃那麼多蒜頭，嘴巴很臭。」

烏鴉果然沒聽懂，只用門牙漏風的聲音說：「我早上趕暑假作業，連續寫了十幾天的日記，累死了！下午就跟著村長的拜票隊伍亂走，竟然發現了大祕密。」

「你媽負責候選人的安全，你白目，亂跟什麼，是嫌被打得不夠嗎？」

「她今天輪內勤，不怕。」

「什麼祕密？」

「賠我剛剛那局的十元，我才要說。」

「囉嗦！不講算了，有看到林P嗎？」

「林P被請到台上致詞，然後不見了。」烏鴉吃掉最後的香腸，我的心臟一陣緊抽。他擦掉嘴角上的油漬，又說：「賣菜阿姨問我，三天前，伍老師在註生娘娘前面昏倒，現在好一點了嗎？阿姨要我轉交兩張紙條，第一張是求子祕方，第二張是清朝宮廷的生男生女計算表。阿姨以為伍老師已經結婚，生不出小孩，才到廟裡拜拜。」

「伍老師結婚了？」我的腦袋發麻。

「哪有？」

「你之前說伍老師有個快要爆炸的祕密，和這件事情有關嗎？」

「沒有啦！我媽幹麼管她結不結婚，她還單身吧！」

「那她拜註生娘娘幹什麼？」

「我不知道。伍老師對我有成見，數學寫錯被罵，寫對也被罵，我被搞得快要精神病了。她是不是發現我媽在調查她才整我的？」

「伍老師不是這種人。」我握緊拳頭，只是過不了多久，信心也崩潰了，聲音發顫地說：「註生娘娘能夠幫她什麼？」

「伍老師的屁股大，容易生。事情可能要反過來想，她也許是拜託註生娘娘不要讓她有小孩。」

「處女懷孕？又不是聖母瑪利亞。」

「嘿嘿！」

「烏鴉！」

「算了，再說下去，老大又要打我了。下午伍老師竟然在幫村長助選，發放宣傳品時太認真彎腰，露出了事業線，哇！超級大的！以前都深藏不露。」

「可不可以不要這麼低級？」我爆打烏鴉的頭，又生氣了很久，「老師在選務上規定要中立，一定是老處女校長命令伍老師的，因為老師人漂亮、年輕，又有號召力。」

「老處女不在助選隊伍中喔！」

「『生命教育館』就讓她忙不完了。她可是個館長，參觀人數那麼少，她正一個頭兩個大。」

「今天是星期一，休館。」

頻頻被打槍，讓我很不高興。我效法我媽夾雜著英文，以增加氣勢，「『支持村長跟親自拜託這兩件事沒有相關，ＯＫ？何況，伍老師是認同村長『遷村不是好事』

的理念才加入助選團隊。我們不是也發誓要一輩子在山上當好朋友？」

「老大講的是對啦，但是伍老師瘦瘦的，支持肥肥的村長，我感覺很怪。」胖和瘦，我腦袋裡浮現的畫面卻是烏鴉的媽媽跟爸爸，烏鴉每天看到類似的場景，應該很習慣了，不知道現在正吱吱哇哇什麼。

「伯母人呢？林P說你去推麵攤，怎麼雙手空空？」烏鴉又問。

「辯論會沒有多少人來，放映的又是布袋戲，我媽算了算沒賺頭，就決定不來了。」

「伯母也會算命，厲害囉！」

「布袋戲結束了？」

「沒有，中場休息。」烏鴉摟著我肩膀，「記得賠我十元。」

我沒搭理他的無理取鬧，說：「這招誰想出來的？晚會的開頭和結尾是電影播放，中間插入選舉辯論，就是要我們好好聽候選人講話的意思。」

「布袋戲很無聊，沒有人會留下來看結局。我爸排命盤，警告我今晚的運勢大凶，果然打香腸輸到脫褲子。我很累，要回去睡覺了。」

「我們等林P下來，再一起離開好了。」我四處張望，「伍老師有來嗎？」

「沒有。老處女在三點鐘方向，很認真哦！還做筆記。」

「處女座果然一板一眼，比學生還認真。」

「老處女不一定是處女座，我才是，可是我不龜毛。」

「烏鴉！」我大聲吼他。

實在太大聲了，周遭村民全看過來，尷尬之餘，我趕緊以壓低的氣聲問他：「辯論會有什麼勁爆的內容嗎？」

「還不都一樣。我沒有仔細聽，兩個人的聲音都很大，喇叭一直破音，像在放屁，尤其是村長臉紅得快要中風了。」

辯論台上傳出陣陣的擊鼓聲。

主持人說：「結束上半場的個別申論，我們進入下半場，兩位候選人一問一答的交互攻防。」

圓形聚焦燈光打在凡仔身上。他的樣貌像猴子，孔子的「巧言令色」大概就是用來形容這樣的人的。今晚，他穿了白西裝，搭配牛仔褲和白布鞋來彰顯年輕的氣質。我想起他和村長穿開襠褲時是死黨，如今卻反目成仇。大人總是這樣，我和烏鴉不會發展到這種地步吧？我媽透露，村長夫人原本是凡仔的女朋友，村長橫刀奪愛，凡仔遠走他鄉數十年，如今回歸，只為了復仇而來。

聊到這話題時，我媽正在結算民宿開支。我說：「凡仔原來的計劃是放下一切，享受退休生活，因為『遷村救全村』的理想才下海參選，對吧？」

「檯面話聽聽就好，你別當真。」

「村長太太還愛著凡仔嗎？凡仔確實比村長有錢太多了。」

「I don't know. 直到死前，翠芬姊都迴避這個話題。」我媽順手將帳單訂起來，嘆了口氣，「民宿越賠越多，如果翠芬姊還活著，不知道會怎麼處理。」

談到錢，我就沒有辦法了。我想起烏鴉用「欲蓋彌彰」來解讀村長的深情廣播，雖然我不認同，可是這個話題也許能夠轉移我媽的注意力，我說：「會不會村長太太和凡仔很久沒有見面了，天雷勾動地火，一發不可收拾，姦情曝光，村長一氣之下，把太太宰了？」

我做出刀起頭落的手勢。

「寶貝兒子的想像力果然一級棒，可是，這不可能。」

「為什麼？」

「不必懷疑村長對翠芬姊的痴心、衷心跟愛心，你要加上多少個心都隨便你。翠芬姊過世後，我無意間看過村長捧著她的黑花長裙，摀在鼻頭，聞個不停，又掉眼淚哦！標準的深情戀物癖，村長發現我上門洽公，才慌張地扔掉裙子，躲進房間裡。」

「真男人！」我心裡吶喊，原來村長和我都是深情種子。

「Sorry！也不完全是這樣，黑道大哥也有顧家的。換句話說，好人會在暗處藏著壞心眼，而壞人也有忠孝仁愛信義和平的時候。」

「媽，你到底想說什麼？這樣子講文言文，我聽不懂。」

「就我這幾年聽到的訊息，村長雖然做事認真服務熱心，肚子裡卻藏有一堆壞水。」

我媽聲量轉小，一副要開講大祕密的模樣。我豎起耳朵，屏住呼吸。她左右確認沒了旁人，才又開口：「政治人物沒有一個是單純善良的，村長有著很黑暗的一面，他發現人的弱點後，就像鯊魚嗅到血腥味會立刻緊咬不放，翠芬姊正是因為這樣，才轉而跟村長在一起。」

「抓住弱點，威脅？」我拔高聲音，「村長像憨厚的鄉下人，肚子裡有一堆壞水？這太怪了，我兜不起來。」

「小聲一點，反正就是這樣。這種人，我孔若芸看多了。」

我腦海裡又出現「太陽餅叔叔」在我五歲時，一隻胖手拎著太陽餅，笑呵呵地送我的畫面。我問：「那，村長太太有什麼把柄？」

「不知道欸！」

「村長幹麼搶凡仔的女朋友？沒義氣，他們以前可是好麻吉。」

「翠芬姊的胸部大吧！」

我媽闔上帳本，撇嘴走開了。

我還是無法理解，好人就好人，壞人就壞人，這樣有時候好，有時候壞，搞得我頭都暈了。

在辯論會場上，我盯著烏鴉，想像未來的某一天，烏鴉轉了性子，要跟我爭奪伍老師，我一定也會二話不說，跟他拚命的。正當我握緊拳頭，露出戰鬥姿勢，烏鴉納悶地拍拍我肩膀，不了解我幹麼面露凶光。我紅了臉，這才回過神來。

凡仔氣定神閒地等待觀眾的鼓掌停歇後，說：「我來做個總結，村裡這十幾年來飽受能源中心的核輻射荼毒，生病死亡的村民難以估計。除去遷移逃難的人口，再加上老化凋零的，整個村子只剩下不到三百五十人。請問各位，這還像個村子嗎？」

「不像。」台下凡仔的競選旗幟被擎起揮舞。

「當然不像。我當選村長後，會立即著手遷村的細部規劃，秉持摩西分海排除萬難的精神，幫大家找到流著奶與蜜的迦南美地。大家放心，田產會按照原來的大小，甚至加大倍數來分配，我們一起遷移，彼此照應，前去新的地方，共同努力，而不變的是我們還是好朋友，好鄰居。」

聽眾鼓掌，大聲叫好。

那時候我還不知道流著奶與蜜的地方到底是什麼模樣，而凡仔果然是在大都市闖蕩過的人，講話措詞跟我們大不相同。我又想到，如果遷村成功了，民宿原本就不是我家的財產，零田產乘上幾倍，還是個鴨蛋，這是幼兒園等級的算術了，也就是說搬到新的地方，什麼都分不到，那我們要住在哪裡呢？我嚇得手腳都冰冷起來。

凡仔享受著掌聲，又說：「明天不論您們把票投給誰，我尊重大家的決定，但是大家要記住，只有在新的地方展開新生活，村子才可能有生機。敬愛的老村長，我過去的好朋友，不知您如何回應我的政見？」

村長試著用咳嗽壓制住台下人群的鼓譟，他說：「選舉不是空口說白話，我只問一個基本問題，你口中流著奶與蜜的地方在哪？」

「我有方案，也已經與中央部會首長做過勘查，只要我當選村長，三個月內會有具體行動。」

「別騙選票了。遷村失敗的案例很多，讓我來幫大家複習，五年前東部的村子遷村後被一分為三，絕對不是你所說的『大家還是好鄰居』；三年前北部的村子越遷移，環境越惡劣，颱風暴雨後的土石流就再次毀掉全村。如果這些問題都沒有發生，那如何安排村民的後續生活？繼續種茶嗎？那又如何保證土壤適合栽種？」

「瞻前顧後，不敢踏出第一步，您永遠無法成為勇敢的人。」凡仔搖頭。

「你太衝動了，但不要拉全村的人死在一起。」村長越講越大聲，我雖然隔得很遠，一點五的視力還是看得見他右額青筋的跳動。

「請問村長，您花大錢蓋的『生命教育館』，參觀人數不足二十人，是標準的蚊子館，您不會不知道吧！」

「眼光要看遠。」

「您強要村民決定是否接受病危前的急救，這已經侵犯了人權。」

「我是好心啦！不忍心看到我的村民在生命的最後階段受到折磨，活得痛苦，想死也不能如願。」

「生命神聖。關於安寧治療，政府已經推出完備的法案，那必須病患、家人與專家三方謹慎地討論後，才能夠做出決定。相較之下，村長的兩條提問顯得無比粗糙。」

「不要假裝善良了，共同決定很多都是假民主，背後有許多糾紛，比如說，小孩逼父母，丈夫強迫妻子放棄或接受治療，這樣的例子，你沒有聽說過？經驗這麼差，不夠格當村長。」

「如果今天不想被救，明天改變主意，又可以接受被電擊，那怎麼辦？」

「這我考慮過了，解決的辦法是，再丟入一張紙條，寫上最新的日期，以最後的為準。」

「如果今天想這樣，明天想那樣，後天又想這樣，您的陶瓶這樣小，早晚會被塞爆。」

台下的村民爆出笑聲來。

「生命是嚴肅的，有智慧的人不會改來改去。替代方案也很簡單，你們繼續選我當村長，我編列預算每年購買新的陶瓶來讓大家使用。」

「請問村長，您既然視死如歸，那一定不接受急救囉？電擊、插管、心臟按摩通通都不做，死了就死了！」

村長出乎意料，沒有立刻回應，助陣的鑼鼓和汽笛也安靜下來。村長喝了口水才說：「公開場合我不討論個人的問題。」

「您口口聲聲為村民著想，要村民認識死亡，但是幾千年前孔老夫子不是教過，

『未知生，焉知死！』您有讀書嗎？沒有，所以您不知道。您有沒有想過如何維持村民的健康才是更具建設性的政見？」

「希望我們保持君子之爭，不要人身攻擊。對於如何促進村民的健康，因為時間的關係，我就不一一列舉了，只說一項，我請林教授來到本村駐診，他是醫學博士，疑難雜症對他來說都是小兒科。林教授，可以再給我們一些指導嗎？林教授人呢？剛剛不是還在台上？哦！對不起，他有事，先離開了。沒有關係，他已經答應我要留在山上，和我們一起努力。」

我轉頭問烏鴉：「林P回去了？」

烏鴉嘴巴碎碎唸著：「偷跑走，我最討厭沒有義氣的人了！」

「那，現在，我們兩個？」

烏鴉打了個大哈欠，「老大，拜拜，我真的要回去睡覺了。」

山上夜晚的冷風夾裹著越來越大的雨滴，辯論台下的民眾紛紛散去，只剩下動員來的村民穿著雨衣，稀稀落落地窩在板凳上。我舉起姑婆芋，往辯論台走，希望能夠發現林P的蹤跡。他鐵定淋濕了，我挨我媽罵事小，他身體不適，進而對村子印象不好，那就不妙了。

我焦躁了起來。

辯論會沒有停止的跡象，凡仔以堅定的語氣說出：「生病才找醫師是治標不治本，最重要的在於預防重於治療。我們遷離山上，遠離核輻射就不會再生病，自然也不需要醫師了。」

「核輻射沒有超標，到底需要確認多少次？散播假消息已經觸法。」村長生氣地搥了桌子，「裝睡的人叫不醒，在這個島上，大家的命運相同。如果村裡存在核輻射，下山到十公里外就不存在了嗎？這邊的汙染嚴重，開車一小時就會來到你口中流著奶與蜜的綠洲？我懇切地告訴大家，回過頭看，就會發現無論到哪裡都完全一樣。」

村長比手畫腳又慷慨激昂，和他以往的口才有很大不同。我猜這段話是曾祕書擬好的稿子，事先請村長背下來。

「唉！您擅長掐住別人的弱點，施以威脅，表面裝成大善人，胖胖笑笑的人畜無害，難怪未經世事的女生……」

我以為凡仔要抖出村長背叛好友的陳年內幕，控訴會橫刀奪愛的人不值得信賴，而這八卦消息一出，足以讓村長一刀斃命。最可憐的是我和我媽，將會因為凡仔的當選而流離失所。當我豎起耳朵時，凡仔並沒有再往下說，喇叭裡出現一大段的沉默，群眾鴉雀無聲，現場只剩下斜風和冷雨。

辯論台上，凡仔抿緊嘴，又低下頭，麥克風裡傳出他深吸的一口氣，然後他抬起頭振臂疾呼：「遷村救全村！親愛的父老兄弟姊妹們，明天記得把手中最寶貴的一票投給我，讓我來拯救大家。」

「那，村裡的寄託，天明宮的鎮殿媽祖，媽祖搬不走怎麼辦？」村長的話像支箭，冷不防地射了出來。

全場議論紛紛。

此時，有人敲了我肩膀。我轉過頭，是淋了一身濕，正吃著烤魷魚的林P。我遞給他遮雨的姑婆芋，語調高昂地說：「以為您回去了。」

「我試走了一小段，山路太黑，我路況又不熟，就決定回來找你才安全，迷路就不好玩了。」他撕下一半的魷魚給我，「打彈珠贏的，這個我拿手。十八啦，我比較沒把握。」

魷魚太硬，沒有想像中好吃。我說：「哈哈！烏鴉就是跟博士不一樣，輸很多錢。」

「這有要領的。江湖一點訣，說破不值錢，我現在就傳授給你。拉滿擊槌後再放回三分之一，不要貪心，要瞄準的是最頂部的五十分，不能妄想左右兩側邊的大獎。要不要現在就去攤位試試？」

我不好意思提到自己沒錢，也沒有臉皮厚到要別人一直請客，只說：「雨大了，我們回民宿吧！我家也有彈珠台。」

回程路上，林P左邊殘疾的腳踩到了蟾蜍，原本是活還是死，我不知道，反正最後爆漿了。林P看著鞋底條狀的腸子，乾嘔得蹲下來。

「山路常有小動物出沒，您以後會習慣的。」我拍了他的背，又去折了一支姑婆芋給自己遮雨，說：「您們解剖屍體更可怕吧？」

「不談這個。兩位候選人，你支持誰？」林P看著我。

「您又忘了我不到二十歲，還沒有投票權。」

「老闆娘呢？」

「她忙著賣麵，不會去投票。」

「總有個想法吧？」

「兩個人講得都有理，好像村子沒有依照他們的規劃就完蛋了。但是，我想不管誰當選，北極星還是天天在我的頭頂上。」

「這說法真新鮮，我們習慣說，太陽還是從東邊升起來。」

「北極星比較神祕啦！它的光是四百多年前發出的，那時候還沒有這個村子。」

我拿開姑婆芋，抬頭看天空，雨細細飄著，大片烏雲被吹走，露出夜空中的銀河。

我指向右邊遠方，說：「我喜歡的摩天輪就在那個燈火再往上一點點的位置，誰把整修摩天輪列為政見，我會要我媽把票投給他。」

「摩天輪有什麼用？」

「不會動的摩天輪就像壞掉的時鐘，看了很煩，好像在暗示村裡又有人要死掉了。」

回到家，我趕緊拿毛巾給林P擦拭。

我媽從房間裡出來，說：「沒帶傘？上國中後越來越不聽話了！」

「雨這麼大，帶幾把傘一樣會淋濕。葉子比想像中還好用哦！缺點就是水滴下來的方向不太好掌握。」林P拿起葉柄，轉一圈，水滴飛濺出來。我媽退後一步。林P說：「對不起！……有吹風機嗎？」

我指著浴廁。

我肚子餓得咕嚕叫，晚上跑過來跑過去，沒吃多少東西，就問：「才十點，怎麼麵攤收了？」原本我的計劃是吃大碗的麻醬麵加上很多胡椒粉，好祛除寒氣，卻想到重新燒開熱水，得多花瓦斯錢。

「下雨天，大家懶得出門，生意不好，伍老師又來家庭訪問，所以提早結束了。」

「伍老師？」我拉高音調，飢餓感瞬間消失。

「別緊張，老師沒有說你的壞話。」

「她說什麼？」

「Just talking，聊村裡的八卦和選舉情況。伍老師說她喜歡山林，如果工作順利，會從此定居下來，所以想多了解一些村裡的情況。我們聊了村長、專門處理教師行政業務的曾祕書，和村長的對手凡仔，當然，翠芬姊的過去也聊了不少。老師稱讚你很聰明，Very smart，用功一點，未來會很有成就。」我媽露出得意的神色。

「不會吧！就這些？」我聯想起烏鴉下午的發現，又問：「伍老師是來幫村長拉票的？」

「也有可能，可是我的戶籍地不在這裡，拉票也沒用，我一直懶得遷戶口。」

天啊！我這才知道她沒有投票權。

看著我媽臉上那鮮少出現的淡蜜口紅和眼影，我問：「這麼晚了，你化妝？」

「老師來，不能隨隨便便。伍老師也噴了香水喲！這是女人之間的禮貌。」

「是嗎？」

「伍老師和翠芬姊使用了同款的香水，好巧！天色暗，我聽到門鈴聲去開門時，只聞到味道，嚇一大跳，以為翠芬姊還活著，和以前一樣又來民宿坐坐。那香味挺不錯的，有機會，我也要犒賞自己一下。」

塗口紅又想買香水，林P果然讓我媽發情了！我學貓喵叫，走近她耳邊，小聲問：「烏鴉說伍老師的身材一級棒，真的嗎？」

「Sure！怎麼？老師的身材會影響到學習？現在學生到底是吃錯什麼藥？」

我腦補了身材畫面，老二又站起來，就趕緊坐下來。

林P從浴廁出來，摸著他的小平頭，問：「誰身材好？老闆娘嗎？」

我媽像個少女，迅速地躲進房間裡。

我從櫃檯抽屜拿了硬幣，走近電動彈珠台，看著林P說：「拉滿擊槌後再放回三分之一嗎？」

「這種電動的好像不一樣。」

彈珠台的圖案是火箭升空。我施放了擊槌，彈珠鐵球彈入了左上隧道，進入「蟲洞」，發出了獲得大獎時錢幣撒落的嘩啦聲。我操縱左擋板，林P負責右擋板，我們彼此間的默契絕佳，然而彈珠最終還是被中間的緩衝器彈了下來，眼看就要掉入中央的「黑洞」而出局。林P推開我，試圖搖晃機器，好讓彈珠重新進入擋板的控制範圍內。

卻當機了。

「爛！」林P拳擊台面，發出「砰」一大聲。

我媽開了房門，說：「輕一點，這台不便宜。」

我想起一件事，就跟林P說：「等我一下。」

我衝上樓，從寶貝盒中取出金屬圓片，又衝下樓，得意地讓林P看了一眼假硬幣後，將它投擲進彈珠台的投幣孔裡。

然而，一秒、兩秒、十秒過去了，沒有動靜，也沒有火箭升空的音效發出來。

「彈珠台比較聰明，大人的遊戲比小孩的搖搖馬高等，能夠分出真假來。」

我沮喪得再也發不出聲音。

林P拍拍我肩膀：「布袋戲裡的『真假仙』教過，紅塵世界真真假假，假假真真。你要催眠自己，假的其實是真的，反覆練習，一直到爐火純青，那時候就能夠以假亂真了。」

7

今天是大學面試的日子。

我很緊張，表現的好壞決定我能否如願進入醫學系。穿上了我媽兩星期前在夜市買的黑西裝，打了藍領帶，口袋放進媽祖保佑符。我在鏡子前嘗試將頭髮分邊來掩飾臉龐的稚氣，再噴上髮膠，免得頭髮亂翹，但是手變得黏糊糊的，又發現鏡子裡的人看來實在土氣，領帶更是勒著喉結，讓人連吞嚥都不順利。我想了想就又把頭髮弄亂，扯掉領帶，出門去趕車。

上午場的團體面試，我還是搞砸了。教授丟出「試論『病人自主權利法』之利弊」

這題目，分成正反方三人對三人的辯論。我抽中反方，也就是不贊成生命自主，這和我的理念相左，但為了分數，我必須說個不停——充滿違心之論，這就是考試。

「病人自主權利法」是二〇一五年立法院通過的法案，指的是民眾可以在沒有病痛的時候就決定，萬一哪天重病昏迷時，侵入性急救哪些「願意做」，而哪些是「拒絕施行」。我十三歲時就被這問題困擾過，它其實和村長的第二個提問蠻類似的，差別只在於村長是「強迫」成年人去面對死亡，「病人自主權利法」則是「想參與」時才參與；教育宣達的策略也不同，村長在「生命教育館」裡放進各種急救方式，並形塑不同的死前模樣，藉由模擬實境達到教育的目的；而「病人自主權利法」講究「預立醫療照護諮商」——那是希望經由病人、醫療團隊和家屬三方進行深度對談，進而達成共識。

所以，「病人自主權利法」既然是自由選擇，急救項目又是條列清楚，以供個人決定，那有什麼「弊」好「反對」呢？

辯論前，每組有五分鐘時間可以討論。我那小組的另外兩名成員是女生，分別來自南北名校，梳著幹練包包頭，服裝素雅單色，卻都皺眉苦思。

南部女生睜大她水汪汪的眼睛，「我們先各自說出看法，相互討論一下，待會兒舉的例子比較不會重複。」

北部女生點頭附和。

我後來發現中計了。田翊均面試前特別提醒我，篩選進面試還會刷掉近三分之二的學生，也就是考場上的都是潛在敵手。「你可以重視團隊合作，可是必須把最好的一手留給自己。」田翊均說。

在補習班經過「乞丐王子」般互換的角色扮演，我已經把田翊均當成好朋友了，只是不免疑惑，後來終於忍不住發問：「你洞悉人性，正是當醫師的人才，幹麼執著於大氣科學？單純希望撰寫程式來預測混沌自然的風起雲湧嗎？」

田翊均沒有正面看我，搖頭晃腦，然後越走越遠。

辯論會場在大學教室裡，講堂前方有著大片的投影布幕，左右和後面是三面白牆。走進會場時，我的雙腳顫抖，當我深吸口氣，想率先說出「預立醫療照護諮商」的缺點時，北部女學生開口了：「我來分享經驗，這是我鄰居的真實故事……」

她咬字清亮，表情自信，怎麼和剛剛討論時的畏畏縮縮完全不一樣了？

她說：「七十一歲的楊媽媽雖然有心臟病，上街買菜這類的日常瑣事都還可以自行處理。她兒子是臨時工，賺的錢總是買酒，他害怕哪一天楊媽媽心臟病發的急救後，將會花費龐大的看護費用，因此趁著上個月楊媽媽發燒住院，半哄半騙要她接受諮商，簽立放棄急救的文件，對外卻宣稱是家庭會議的結論。這案例告訴我們，共同決定隱藏著假民主，弱勢者在群體壓力下不敢發出自己的聲音，病人自主的立意是很好，離真正落實還有一大段路要走。」

「論點犀利。」教授說。

我背脊全是汗，左轉過頭，嫌惡地看著北部女生的側臉。

這是四年多前村長駁斥凡仔的論點，我在面試的辯論會前好心地分享給小組成員，藉以抛磚引玉，沒料到被完全收割了，我的腦袋一片空白。雖然知道辯論不分輸贏，評量根據的是考生的表達能力和參與度，但是整場面試我都臉色鐵青，只能勉強地說出幾個簡單的字詞，「我同意」、「我也是」、「我的看法相同」……

中午簡單喝了湯，我四處走走散心，晃到川堂醫學史的陳列牆，在古希臘「四體液學說」的解說圖前駐留良久。看到林P教導的知識被以卡通圖來呈現，我既熟悉又陌生。解說圖的四個人偶分別身著紅、藍、黃、黑色的衣服，代表著不同的優勢體液。他們表情滑稽，我的心情卻安定不少。我自我解嘲，高三壓力大，長得滿臉痘痘，該不會是黃膽汁泛濫所引起的吧？

下午報到，核對了證件，工作人員說：「面試時間是下午五點四十五分，你是最後一號。」她輕輕笑著，我不知道該安慰自己，還是怨嘆自己的運氣不好。面試學生有兩百二十一人，再加上陪同家長，讓規劃成休息區的整排教室顯得擁擠，而大家刻意的輕聲細語，更是增添了肅殺氣氛。十五分鐘的換人響鈴，每次都讓我的心臟震顫一次。

我前後掃視，確定早上同組的那兩個女學生並不在第二間的休息教室裡，才選定角落的位置坐下來，拿出小抄，複習待會兒要在教授面前陳述的學醫動機，可是卻怎麼也無法專心了。我懷疑起自己的人格特質裡一定存在著重大缺陷，否則從小到大為什麼會吸引到那麼多的騙子？又或者，每個人都是騙子，「騙」存在於每個人的基因裡，屬於一種特別的遺傳，在某些時刻，像遇到我這樣單純到白痴的人，它就會表現出來。

這時，一個中年婦女大叫：「小寶，怎麼了？」

那個被叫小寶的是個考生，用虛弱的聲音說著：「我，我喘不過氣來，手腳不能動……」

因為太遠，我聽不很清楚。而這會不會是醫學系的教授設下的陷阱，用來考驗考生的同理心和反應能力啊？

不只我有這種疑問，其他的考生也如此思考。他們立刻圈圍過去。

搬離山區後，我變得不喜歡湊熱鬧，早上的團體面試被同伴背後捅刀，也讓我的心情大受影響，即使懷疑這是教授精心安排的棋局，我仍是待在原處，只是盡量站高，以便觀察。

七嘴八舌的爭辯聲從人群堆中傳了出來。

有一個人說：「叫叫ＡＢＣ，這裡需要急救！」

（我知道「叫叫ABC」是急救的第一口訣。）

另一個聲音喊：「快把AED拿來！」

（AED是「自動體外心臟電擊去顫器」的英文縮寫。這些都是準備面試時我背過的急救要領，但在救人時不需要特意唸出來吧！而教授們真的在測試大家的急救能力嗎？那，我沒有參與，是否太冷漠，註定被淘汰了？）

有不同的意見傳出來了：「他的意識清楚，不需要被急救，重要的是釐清呼吸困難的原因。」

「會不會氣喘發作？」

「心肌梗塞？」

一個女學生說：「年輕人由於沒有糖尿病或高血壓等危險因子，心肌梗塞的機率很低。」

（全部的人都把這當成考題的一部分了。難道小寶和他媽媽是臨時演員，正上演著呼吸喘促的臨床情境？）

大家爭相發言，你一言，我一語，場面相當混亂。

醫學系的老教授聽到風吹草動推開門進來，像鷹般的眼神環視了教室一圈，最後看向角落的我。

我縮躲起來。

教授詢問起小寶的症狀，用聽診器探查他的胸腔，說：「這是焦慮緊張引發過度換氣了，放輕鬆，吐氣要慢。來，跟著我的節奏，吐氣的時候數一、二、三、四、五。好，再來一次。」

過度換氣，我腦海裡浮現出伍老師過度換氣時的情景，整個人彷彿被閃電擊中，耳朵豎立起來。

老教授的聲音蒼老卻有威嚴，「不要過度執著於成敗，醫學面試相較於人生的挑戰只算小菜一碟，心存正念，努力不懈，沒有過不去的坎。這位同學，你試著坐起來活動看看？」

（好險！這不是演戲，考生們都把教授想得太過邪惡了。）

「既然是過度換氣，要不要用塑膠袋罩住口鼻，來增加體內二氧化碳的含量呢？」圍觀學生問。

（愛現鬼！難道現今社會沒有聲量就無立足之地？）

「原理雖然是這樣，塑膠袋卻會讓病患產生窒息感，常常弄巧成拙地讓他們更加緊張。」老教授拍拍小寶，「醫療是門科學，也是藝術，你慢慢吐氣就好。小朋友，好多了吧？」

鼓掌聲此起彼落地響了起來。

醫學面試的場合發生了過度換氣的事件，又讓我想起伍老師。伍老師焦慮的事情究竟是什麼？基督教徒拿香拜拜？她母親惡化的白血病？家裡積欠了上百萬被黑道追討的債務？還是烏鴉媽媽調查中的大祕密？又或者是烏鴉猜的，和註生娘娘掌管的懷孕業務有關？我腦袋裡至今都還殘留著伍老師說「這社會的暗箭，笑裡藏刀的大壞人……」的聲音和表情，音量小、語速慢、聲音低沉，但一字字像溫度陡降落下的冰雹，打在身上又刺又痛，她最後擠出的笑容更顯恐怖。

我今年快滿十八歲了，對伍老師在山裡發生的事情已經釋懷，卻隱隱約約感覺到表象下另有隱情，而令我後悔不已的是，人生的某些答案，以及解開答案的線索往往一閃即逝，當下沒有探查清楚，真相就永遠石沉大海。

我也搞不懂今天是什麼狀況，怎麼會在面試這麼重要的日子，接二連三發生了讓我想起林P和伍老師的事件呢？難道是冥冥中的暗示，要我將山上發生的事編排進就讀醫學系的動機裡？

休息室的冷氣似乎停止了送風，我的腦袋熱得快要爆炸。教室裡的人走空了，這時鈴聲又響，遙遠的聲音唸出一串熟悉的數字。我回過神來，這是我的准考證號碼。

「醫師是很累人的工作，賺的錢也大不如前了，你為什麼要當醫生呢？」老教授問出第一個問題。

我挺直腰桿，坐在椅子前緣的三分之一，直視著眼前的兩位教授。右手邊的老先生是救治小寶的那一位，國際心臟權威，著黑西裝，繫紅領帶，銀髮稀疏，分邊整齊。

我在休息教室裡用手機查過，這樣規矩的人也曾經是八卦新聞的男主角。十多年前，一個妙齡女子在醫院門口廣發傳單，控訴教授在心導管室對她上下其手，人、事、時、地、物列舉得一清二楚。教授辯白，他不記得這病患了，而檢查時有技術員協助，單獨相處發生性騷擾是絕對不可能的。女子哭訴，就是兩個噁心的男人同時對她動手，當然互相包庇。醜聞延燒，教授被迫停止所有的醫療業務，接受調查。期間，有醫師群開記者會力挺，當然也有競爭的同事落井下石。

兩年後，證實是一樁烏龍：女子為精神病患，因為心跳過快就醫，心導管病床上的性騷擾全是女子的妄想。然而，教授從此和醫院院長的位置絕緣了，沒了行政資源，教授的醫療地位每況愈下，查房教學不再有一群學生跟在後面。

老教授的眼睛瞇細，皺紋深長，我覺得面熟極了。面試後，步出考場才想起來，教授跟山裡衛生所的老醫師，那牆上執照的黑白大頭照有九成相似，差別只在於我用簽字筆畫上的鬍鬚。

左邊的女教授年紀約四十歲，身形微胖，短髮，穿著不合身的米色窄裙，緊緊綳出了大腿兩旁的馬鞍肉，講話咄咄逼人和村裡的校長一個樣。這是面試時典型的白臉、黑臉組合。離開山林後，我不那麼討厭校長了，也不再老處女長老處女短地說個不停。

我深吸口氣，窗外暮色四合，遠處傳來籃球場上的運球聲。

我下定決心開口說：「小時候，我的志願是魔術師，戴著高帽子穿燕尾服，手一揚，把人變不見，再揮手就把人變回來，帥勁十足。在一個偶然的機會，我救了一個人，過程如同魔術師，把『沒有』變成『有』，這讓我立下志願要成為一名醫師。」

「救人？說來聽聽。」女教授盯著我看，一副要好好拷問的樣子。

「高中三年級時為了祈求學測順利，媽媽帶我到海邊的一處廟宇參拜，晚上就寄宿在小鎮的旅店裡。大半夜，隔壁房間的女人喊救命，原來是她丈夫口吐白沫，失去了意識，手摀住胸口倒下去。櫃檯的服務員表示，旅店的ＡＥＤ壞掉後就沒有再修理了，而救護車一直還沒到來。」

「這是城鄉醫療差距的典型案例。」老教授說。

「城鄉差距不是短時間內能夠改善的，這個缺失可以用良好的全民急救訓練來彌補。」女教授說。

我點頭，繼續說：「床頭櫃上擱著一顆菱形的藍色藥丸和一杯水，那是男人原本要服用的。女人的聲音細得像蚊子，她說：『威而鋼。』我靈機一動，科普雜誌報導過這藥丸的作用機轉與一氧化氮相關，那是一九九八年諾貝爾醫學獎發現威而鋼原本是為了擴張心臟血管研發，之後卻誤打誤撞變成了壯陽神藥。而眼前的先生突然倒下，最可能的原因就是心臟病。」

「腦幹出血中風也必須加入鑑別診斷。」女教授扮演起稱職的黑臉角色。

「嗯！」我說：「那時候，我單純地只想到，威而鋼是廣義的心臟藥，於是就死馬當成活馬醫，讓這位先生吃吃看，也沒壞處吧！我讓藥丸在水裡溶解，要女人含住藥水，之後像接吻一小口一小口地將它送進男人的嘴裡。」

「心臟的藥物有很多不同，不是想像中簡單。」老教授面色凝重，「以後當醫師要記住，硝酸鹽，也就是治療心絞痛的舌下錠，合併威而鋼服用，病患會產生嚴重的低血壓，那是相當危險的。」

「大錯特錯，不是等以後當醫師才記得，而是現在就得知道。」女教授看著老教授告誡我，「藥用錯了，就是劇毒。」

（等等，黑白臉不必這樣演吧！難道是我想太多了？這女教授的年紀小老教授至少兩輪，說話不留情面，其中的幾句還是特別針對。如果老教授不是失去權勢，她會這般張牙舞爪？）

「這孩子才高中生，別苛求，會嚇到他的。」老教授說。

女教授並沒有縮手的意思，又問：「難道那男人被你救活了？」

「謝謝教授們的指導。很可惜，並沒有好事發生。我媽罵我出什麼爛主意，這下害死了人，還得上法庭。我快哭出來，情急之下用右拳重搥了男人的胸膛，『醒來！』我喊他、搖他，終於撐不住，無力地跪在地上。想不到在我最絕望的時候，他竟然醒了，說：『好痛，這是哪裡？』我嚇呆了，救護車剛好到來。而男人被救活是否真是因為我，或者另有巧合，我不清楚。這就是我想進到醫學系就讀的最大動機。」

「Incredible. 這故事，你編的吧？誠實可是醫學倫理中的最基本原則，你不會不知道吧！」女教授說。

「以後當醫師要記得，醫術並不是醫師最重要的DNA，誠信才是。」老教授面容嚴肅，額頭的皺紋像一個大大的「王」字。

誠信，怎麼哪裡聽過類似的話？對了，是林P。我站起身來，拍著胸脯保證，「不是編的。」

「是……真的？」女教授抬高下巴，直視我，好像要把我的腦袋給看透，而血盆大口好像要一口把我吃掉。

「是。」我的聲音越來越小。

兩位教授對視，沉默了很長一段時間。

老教授的笑容完全消失了。

我的心臟快從嘴巴跳出來。

我當然不會承認，沒錯，這是編的。編故事的時候，耳邊總是響起林P傳授的心法：「假作真時，真亦假，紅塵世界就是真真假假，假假真真。要像個魔術師，不斷催眠自己……」只是我仍是無比掙扎，作假，有資格成為一名醫師嗎？我不敢跟教授們明說的是，這個世界不是象牙塔，它的離奇超過想像，我唯一做的只是將它包裝得更加符合現實而已。

那年，在天明宮前參與了村長選舉辯論會的晚上，淋了雨，著了寒氣，回到房間後，我累壞了，好像有點發燒。半夜，我夢到斜倚在摩天輪裡睡著了，夢中的摩天輪終於被修理好，啟動電源後就要開始轉動，底部卻傳來「咚！咚！」的撞擊聲響，撞擊兩聲後，暫停三秒，又重新開始，如此反覆四次，摩天輪就又壞了。

我生氣地醒來，突然聽到「老大」的叫喚聲。

原來這不是摩天輪發出的聲響，而是烏鴉為了找我，扔石頭敲擊我家後門的暗號。

清晨四點半，我還很睏，閉著眼睛，像個遊魂開了後門，「大半夜，你搞什麼鬼啊？」

「村長出大事，快死掉了。有人報警，我媽把我從被窩裡挖起來，要我趕快找林

P來救命。」

「林P」這兩個字把我嚇醒了，全身神經緊繃成戰鬥狀態，因為此刻的林P正躺在我媽的床上。

烏鴉順勢從後門就要衝進我家裡。

「等一下！」我擋住他，「村長在辯論會時，還中氣十足地跟凡仔吵架，我就不相信他要死了。你別跟我說他右額頭的那條青筋好死不死爆破了。」

「不是，是風流快活馬上風。」

「馬上風？」

「就是村長跟女人炒飯太激烈，心臟受不了，暈過去。」

「女人？村長太太不是死了嗎？」

「老大，你是真傻，還是假傻？誰說女人一定要是太太？你家民宿開假的！」

「不合理。村長胖歸胖，身體還不錯。」

「總而言之，言而總之，現在他昏過去了，人命關天。老大，你到底在囉嗦什麼？」

雖然我還不清楚馬上風是怎麼一回事，但是烏鴉著急的樣子不像是在開玩笑，而大半夜開這種玩笑，只怕日後會被扁得很慘。

我說：「下雨天，我家嚴重漏水，後門不好走，你繞到前面，從麵攤那裡進來好了。」

我沒等烏鴉回答，就把後門鎖起來，隨後衝到我媽的房門前，說：「有十萬火急的事情找林P，我不是故意打擾你們的好事。」

五秒鐘後，我媽開門，雙手扠腰，「你亂說什麼？誰得趕緊去救人？」

「林P。林P在你的房間裡，但是村長快死了，你不必顧面子啦！」

「誰快死了？誰又在我房間裡？」

「就林P，林教授啊！」

事情是這樣子的。半夜兩點鐘左右，我流汗後，燒退了下來，朦朦朧朧才要進入睡眠狀態，卻被木製樓梯的搖晃聲給吵醒，而那雙腳不一致的下樓腳步聲，刻意壓低的聲響像要做壞事前的謹慎，那一定是林P了！我腦袋一轉就全部明白了，今晚麵攤提早結束，我媽特地畫了眼影，我不笨，這些暗示，我懂。校長教過「君子有成人之美」，只是那是我媽，我的心情有點複雜。

我媽提高音量，「林教授和我孔若云什麼關係？他不過是個房客，你媽可不是隨隨便便的人，你腦袋裡到底裝了什麼？這幾年書不知道讀到哪裡去。」

此時，啾啾啾的聲音傳來，是烏鴉在猛按電鈴。

「誰啊？」我媽起床氣大爆發，看似要拿菜刀把按門鈴的人宰了。

我已經被林P那神祕的行蹤搞得昏頭轉向，沒有心思再搭理烏鴉。如果林P不在我媽的房間，他會消失到哪裡呢？轉念一想，也許和我媽辦完事，林P又回到二樓了，只是大半夜我雖然屏氣凝神，希望能再偷聽到什麼，終究還是睡著了，以至於並沒聽到後來林P的上樓聲響。

我衝上二樓，拍打著林P的房門。

沒有回應。

我再次敲門，敲得手都痛了，之後急著扭動喇叭鎖。

出乎意料地，門並沒有上鎖。

我進到房間裡。

這時，烏鴉也咚咚地爬上樓梯。

「林P不見了。」我整個人都沒了力氣，像破掉的籃球，軟趴趴地癱坐在地上，再也無法滾動。

「昨晚他沒回來嗎？」烏鴉問。

「有。」

我巡視每個角落，髒亂發臭的房間裡並沒有林P的黑色手提箱，也沒有裝著四色藥丸的玻璃罐，連我送的端紫斑蝶標本，也不見蹤影。

「誤會大了，他離開了。」我越講越無力，心裡好希望林P的消失，只是魔術師的障眼法而已。

「不會吧！太誇張了。」

我身體呈現大字形，把自己攤拋在床上。撲鼻而來的是比昨天下午更加濃重的汗臭味，而我已經沒有力氣再爬起來了。

「老大，要躺，以後再躺。林P不見了，我們還是不能夠錯過好戲。快點啦！不快點回去，我會被罵死。」

我想想，也對。我媽都看不出有多難過了，我到底在懊惱什麼呢？

不對，我仍然感到不對勁。事隔許久，我才明白，反覆遭到背叛雖然是成長必經的，但是這過程太痛了，像後背被捅刀失血而休克。大家都說受傷後能夠再站起來，就會一次又一次獲得新能量，可是會不會在某一次就掛了？也許人生就是這樣吧！然而林P承諾過我什麼嗎？嚴格說來，並沒有，全是我的一廂情願罷了。

我從床上坐起來，「出發吧！」走到門口時想想又折返，「等等，我帶件東西，那也許能夠派上用場，救村長一命。」

雨停了。清晨五點，夜色仍黑，山雞此起彼落地啼叫著，風吹得芒草發出沙沙的聲響。我和烏鴉沿路奔跑，冷風刮著我的太陽穴，頭部血管陣陣緊縮，造成頭痛，我不得不放慢腳步。

「村長被送到哪裡？」我問。

「我媽把他們兩個都送到衛生所。那裡雖然關閉很久了，有的急救設備還能夠用。」

「兩個？另一個是誰？」

「就是和村長炒飯的女人。」

「這麼巧，她也生病了？」

這當下烏鴉彷彿被戳中笑穴，捧著肚子，蹲下來。

「笑什麼啊？」

「光想到畫面就受不了。」烏鴉深呼吸了幾次，好不容易才停下來，「我半夜被叫醒，中途才加入的，詳細情況也不太清楚，只聽到村長炒飯到一半突然昏倒，女人嚇得那裡……」烏鴉表情淫穢地指著胯下，「對，就那裡縮緊，夾住村長的老二，老二就算沒斷掉，也瘀青了，衰死了！鄰居來幫忙時，兩個人還是分不開，只好用床單包一起，擠在擔架上，送到衛生所。」

「女生那裡能夠夾住男生的老二？烏鴉，你好唬爛！」

「是真的。夾住算小兒科了，我爸的雜誌還有『陰道十八招』，包括抽香菸、射飛鏢、寫書法、吃甘蔗……」

「十八招，我還降龍十八掌咧！抽香菸、吃甘蔗，別騙了，學校課本裡可是教過女生的構造，」我加重語氣，「女生那邊，絕—不—可—能。」

「不信，算了。」

「好啦，好啦！我信啦！」我敷衍他，「那，女生是誰？」

「這我也想知道。匆忙中，我媽沒有提到女人的事。我半夜被挖起來，頭腦不清楚，忘記問了。」

「別急，我知道。所有的謎團都解開了，是校長。」

「校長？」

我點頭。

這時，遠處一點鐘方向，山雞咕咕咕，啼叫得特別清亮，似乎附和著我的推理，我和烏鴉都笑了。

「還有，老大，不要暈倒哦！伍老師的台大學歷是假的。」

「什麼？你再說一次。」我停下腳步。

「伍老師是假學歷，不只這樣，名字假的，出國也只是去打工賺錢，而不是去學

ABC。我不是早就懷疑她怪怪的？這次全部猜對了，老大，你得給我拍拍手。」

「不可能，伍老師那清純的氣質，不可能是騙子。誰亂散播謠言，我絕對找他算帳。」

「我媽。」

「警察？」

「我之前提到伍老師快要爆炸的祕密，就是指這個。我媽調查後確認了。」

我像斷電的機器人，只差沒有立刻昏倒。

「老大，快走啦！萬一村長耽誤治療死翹翹，我會被罵死。」

「伍老師，假的……」

烏鴉從背後推我往前走，「伍老師的學歷又不關老大的事。我不喜歡是她常罵我，數學課不知道在亂上什麼，但是老大說她的英文教得比陳雷公好，上課很有趣，不必一直背多分。老大喜歡的是伍老師這個人，又不是她的畢業證書，雖然我以後也要進台大。」

烏鴉讀台大？我再吐槽他就太傷人了，我只說：「伍老師真正的名字是？還姓伍吧？」

「這我不知道。」

我將前因後果仔細想過一遍，「不合理！怎麼會在村長出事的大半夜聊到伍老師呢？難道伍老師跟村長有相關？」我心裡閃過不祥的預感。

「不是半夜聽到的。」

「那是……」

「昨晚我在香腸攤輸光了錢，心情差，布袋戲又難看，就先離開了，回到家大概十點，聽到我媽跟我爸聊起這件事。」

「哦！原來。」我鬆了口氣，「不是說好要立刻回報的嗎？」

烏鴉心虛低回一句，「忘了。」

我學起老處女，惡狠狠地瞪了烏鴉一眼。

「再跟老大報告一件奇怪的事情，校長老早就知道伍老師的學歷是假的，竟然選擇睜一隻眼，閉一隻眼，來個大放水。」

烏鴉厲害了，不知何時學會轉移話題的伎倆，我沒拆穿他，搖著頭，說：「處女校長非常嫉妒伍老師，女人的肚量比雞腸鳥肚小，放冷箭都來不及了，這不可能。」

「對，我跟老大想的一樣。」

烏鴉連巴結也學會了，我斜眼看他，「然後呢？」

「我猜是深山裡找不到老師，校長學的是歷史，不會英語ＡＢＣ，只好忍耐，接受在國外待過的伍老師。」

「大錯特錯。」我手扠腰，一字一句加強語勢說：「是校長倒追村長成功，就要升格成為村長夫人，心情好，才決定放伍老師一馬。」

我看烏鴉聽得一愣一愣，又說：「現在可好了，良人快死了。哦，良人是古代女生對丈夫的稱呼，你國中會學到。校長這下子樂極生悲，還沒結婚就守寡，嗚呼哀哉，尚饗！」

這次公雞不再啼叫了。冷笑話不好笑，烏鴉聽不懂，沒有任何回應，我只好自己大聲笑出來。

一踏進衛生所，我就聞到了怪味。那是混雜了屋子久閉的霉潮味，擁擠村民的汗臭酸味，以及一股不知道哪來的非常隱微的香味。香味隱藏在如此雜亂的環境，特別讓人感到噁心。

我的味覺敏銳是鼻子過敏後產生的變異，在農曆十五滿月前後，更是厲害，小黑也不是我的對手，而那味道我有印象，只是一時之間想不起來。

遠處的野狗鬼吠個不停，時不時摻雜著狼嚎似的長叫，傳說中是看到了鬼魂才會如此。衛生所內倒安靜，蚊蟲在日光燈下飛舞，其中一盞日光燈忽明忽暗，我右側太陽穴旁的血管也跟著一跳一跳。

我察覺到小小的衛生所裡，二十來隻眼睛盯看著我所發出的寒光，然後像飛刀般地劈來一句：「林教授人呢？」

問話的是校長。

她反常地穿著灰衣黑長褲。我知道此刻已經不能再叫她老處女了，真想幫她歡呼，當然她臉皮薄，我得裝笨，才不會又被罰掃廁所。可是我心裡不明白，根據烏鴉的說法，女生那裡可以折斷甘蔗，緊張收縮時還會夾死老二，然而和村長炒飯的女主角就在我眼前，並沒有和村長黏一起，也沒有光裸著身軀驚惶失措，而是打扮得比以往幹練，反過來上演拯救良人的戲碼。校長惦惦吃三碗公半，這臨危不亂的功夫，真不是蓋的。

「我找不到林P。他可能離開村子，也就是下山了，連公事包也都帶走。」我說。

「什麼？」校長音調提高了八度，五秒鐘後，她鎮定下來，「這可不一定。林教授可能趁著清晨空氣好，又難得沒下雨，到山間小路走走。曾祕書，麻煩你廣播通知林教授，要他聽到尋人廣播後，盡快前來衛生所一趟。」

「好！」儘管老闆命在旦夕了，曾祕書左手仍舊搓弄著頰下黑痣上的毛。

山裡沒有醫生護士，村裡以校長的學歷最高，她又擔任「生命教育館」的館長，由她來指揮救人，再合理不過了。

圍觀的民眾分為三群，村長的競選團隊站左手邊，凡仔的在右手邊，而中間的則是烏鴉的警察媽媽和來看熱鬧的村民。

我個子小，一下子就鑽到人群前頭。

村長癱在衛生所那張簡陋的病床上，臉色發黑，呼吸淺，速度快，喘得非常嚴重。

我想起日前參觀「生命教育館」時學到的「肝心脾肺腎」和「青赤黃白黑」，村長印堂發黑是因為腎臟病嗎？難道是跟校長發生了性關係才敗腎的？可惜烏鴉被他媽就近看管，我無從確定這箇中的關聯性。如果真是這樣，那校長太厲害，而村長也太遜了。

又有人開門進來。

所有人都以為是林Ｐ，滿懷期待地轉過頭，卻又露出失望的神色。是我媽，她一定是聽到我和烏鴉的對話，趕過來湊熱鬧。

校長深吸一口氣，說：「政府規定，只有通過急救訓練才能夠擔任公家機關的主管職務，大家請相信我，我的筆試第一名。村長病倒的原因，當然得查清楚，但是急救時最重要的是維持呼吸和心跳的穩定，誰去把角落的氧氣鋼瓶推過來？」

烏鴉媽媽自告奮勇。

村長陣營發難了，「村長臨時發生事故，根據選舉罷免法，今天早上八點到下午四點的投票必須暫停。」

「不行。我們的民調領先，你們就要求停止選舉，連一丁點的運動家精神也沒有。」凡仔陣營說。

「村長是為了村子的發展日夜操勞才累倒的，現在生命危險。凡仔，請你發個聲，不停止選舉，是要怎麼辦才好？」村長陣營說。

凡仔收起笑臉，不發一語，變成一隻嚴肅的猴子。

「跟女人搞在一起叫日夜操勞？」凡仔陣營說。

「這你不懂啦！男人只有和女人在一起才會日夜操勞。」另一個人更正他。

「能夠操代表身體還不錯，最怕是想操卻操不起來。」凡仔陣營像表演相聲般地一問一答。

一聽到村民們討論起村長的男女關係，我緊盯著校長的眼睛。

校長恍若未聞，心思全放在村長身上，汗珠滑下那宛如月球表面的臉頰，在粉底上刻畫出一條線痕，最後停在右下那個最大的隕石坑洞裡。

「村長眼看要落選了，你們就使賤招，要他假裝昏迷來博取同情票，不要以為神明不知道。」凡仔陣營指控。

「為了同情票，哪會要求停止選舉？有沒有大腦？」村長陣營嗆了回去。

校長冷回：「村長的昏迷不是演戲。」

「反正選舉應該繼續。」凡仔陣營說。

「我們先把村長救醒，然後再討論後面的事情啦！」村長陣營說。

雙方隔著病床大吵起來。

烏鴉媽媽推來了氧氣鋼瓶。我暗叫不妙，這氧氣鋼瓶好幾年前就是我的玩具了，有時點火助燃，有時吹氣球，而當烏鴉數學算不出來的時候，我也會讓他深吸兩口，好讓腦袋靈光些，裡頭的氧氣早就用完了。

校長拍掉鋼瓶上的蜘蛛絲，將氧氣導管架在村長的鼻孔內，隨即旋開氣閥。氣壓流量表文風不動，當然也不會有氣體流動的嘶嘶聲響。

我緊張地閉上眼睛，山風從窗戶透進來，我打了個哆嗦。校長並沒有察覺到異常，畢竟現場太嘈雜了。

烏鴉白痴地笑起來，烏鴉媽媽瞪了他一眼。

「下一步呢？」傳來了老男人的聲音。

問話的是蔡董，他右手撫著花白鬍鬚，「怎麼不請示媽祖？村長一定是沖犯到不乾淨的東西了，我們得趕緊把村長抬到廟前，恭請神明消災解厄，祈求保生大帝賜與藥籤，這樣才可能有轉機。」

「現在來不及求神問卜了。」校長說。

「就是人快死了，才需要神明指引生路。我這把年紀走過的橋比你們走過的路還要多，實在搞不懂主張遷村的人是什麼用意，明明知道媽祖的底座連接著樹根，那是搬不動的。遷村後，媽祖會被遺棄在山上，神再有修養，都會生氣。」

「蔡董，你老番顛了，要遷村的是凡仔，得到報應的反而是村長，媽祖不會和你一樣痴呆吧？」烏鴉說。

村長陣營忘記村長的命在旦夕，笑聲此起彼落地傳出來。

烏鴉嘴角上揚十五度。

這本來是我的台詞，被伍老師的假學歷一攪局，我的心神渙散，奇經八脈盡斷，智商、反應和速度都下降了一半。而烏鴉整天和我在一起，耳濡目染下，他變得聰明了。

「閉嘴，沒人說你是啞巴。」烏鴉媽媽搥了烏鴉的頭。

這時，廣播聲音傳了出來：

親愛的父老兄弟姊妹，大家好，有一件緊急的事情來跟大家報告，村長做事拚命，卻不知道保重身體，昨晚病發倒地了，情況危急。林教授，有聽到廣播嗎？聽到了，請盡快來一趟衛生所，您的妙手一定能夠救回村長的性命。

一大早打擾大家，不好意思。全民集氣可以讓村長度過難關，謝謝各位父老兄弟姊妹的關心，大家的支持能夠讓優質團隊繼續為村里服務。四年之後，本村必定壯大為一個充滿教育與觀光特色的新市鎮，敬請期待。再次感謝。

「選舉活動規定在昨晚十點鐘停止，曾祕書怎麼能夠趁機幫村長拉票呢？這違反了選罷法。」凡仔陣營氣噗噗。

「講的都是事實，有哪個地方錯了？」村長陣營反駁。

「村長不是做事拚命，而是花錢拚命。算了，沒什麼好說的。即使他認真到一個月不睡覺，方向不對，永遠也到不了目的地。遷村才是唯一的辦法。」凡仔陣營說。

校長沒有搭理眼下的爭執，她要我把電擊去顫器推過來，「我們已經給了氧氣，接著要觀察村長的心臟情況。」

「那機器壞了，雖然能夠監測心臟跳動，可是不能夠充電，當然也無法放出電擊。」我說。

「機器壞了……孔同學，你怎麼知道？」校長問。

「我……聽說的。不知道誰告訴我的，好像是烏鴉。」

「我沒有，老大……」烏鴉結結巴巴。

天啊，我遇到壓力竟然就膽怯到陷害起自己的好朋友，這樣的人格太爛了，我連忙改口：「不是烏鴉啦。我忘了誰說的，反正壞了就是了。」

村長陣營表示：「林P沒來，那還有救命的方法嗎？要不要將村長送下山？如果可行，我們來聯絡。」

「花兩個小時送下山，在路途中，村長就撐不住了。」校長說。

此時，一直隱身幕後的凡仔走了出來，與以往不同的是，他這回並沒有手插口袋，也沒有敞開西裝，展現出酷酷的形象。我感到不對勁，仔細一想，是嶄新的白西裝與破舊的衛生所畫面不協調，和村長的敗黑臉色更是強烈對比。

凡仔說：「村長的過去，我就不批評了。說句公道話，村長成立『生命教育館』是為了推廣生命自主，假如他還是我小時候認識的那個人，個性應該陽光豁達……」凡仔停頓下來，「但是，長大後，大家都不一樣了。我們與其爭論下一步要怎麼做，倒不如看看村長的陶瓶內小紙條怎麼寫。聲明在先，我無法接受他要村民回答兩個問題的法令，可是這個時候也恰恰是檢視村長政見的最好時機。」

「有理。」凡仔陣營鼓掌。

待吵雜稍歇，我鼓起勇氣，上前一步，「林P教過我，沒有人會依照青赤黃白黑來乖乖生病，也就是說村長的第一題根本沒有用處。」

「和我的想法不謀而合。小朋友，他還教你什麼？」凡仔說。

「有一帖病情危急時能夠起死回生的祕方，但是林P千交代，萬交代，這樣違反天意，不到緊要關頭，不能使用。」我說。

衛生所內的人聲全停了，只剩下去顫器裡的嗶嗶心跳響，以及大水螞蟻撞擊燈管時所發出的鏗鏗聲。

「快說？」校長瞪大了四方框眼鏡裡的眼睛。

「該說的，不說，不該說的，說一堆！」我媽指著我的頭罵。

我知道她表面上罵我，其實是在誇我，我說：「但我不確定有沒有效。」話雖如此，有小黑癱倒後，只服用一顆黑藥丸就又活蹦亂跳的前例，我的信心是爆棚的。可是校長在朝會上強調「謙虛」的重要性，再加上選情微妙，我還是話留三分，比較保險。

「管不了那麼多，只能死馬當活馬醫了。」村長陣營說。

「不對，必須先搞清楚村長願不願意接受急救，這是他要村民回答的第二個問題。如果不接受，我們強迫給藥，就違反了他的生前意願。」凡仔說。

「生前？」村長陣營炸鍋了。

凡仔雙手環胸閉眼，並不理睬。

「村長家在附近，他規定陶瓶得放在客廳的茶几上，我去拿過來。」阿善伯說。

他的臉仍泛紅。我納悶，在這清晨，他到底把酒藏哪裡才能夠隨時喝上一杯？

「私闖民宅是違法的。」村長陣營說。

「事態緊急就不拘泥八股法律了。阿善伯，麻煩你。」凡仔說。

烏鴉靠過來問我：「老大，陶瓶小小的，什麼都裝不下，村長陣營怎麼這樣緊張？」

我拉他到牆角，「村長太太死前被折磨得很慘，村長陶瓶內的小紙條一定是勾選放棄所有的急救，不急救還搞屁，村長穩死的，不必等開票，現在就宣告凡仔當選。村長陣營失去資源，從此只能喝西北風了。」

烏鴉「哇」地一聲，

只見雙方猛點頭，將目光看向校長。校長皺緊眉頭，說：「公平起見，取陶瓶時，請雙方各派一名代表，當然，人命關天，在結果出來之前，急救還是會持續進行。」她又轉頭問我：「祕方是什麼？」

「人是由四種體液構成，體液不均衡是生病的根源，林P的四色藥丸就是為了調和體液而研發。祕方是……」我模仿林P的說詞，對校長進行教學，在關鍵時刻，還故意停頓。

現場一片鴉雀無聲。

「一顆紅藥丸，六顆藍藥丸，一顆黃藥丸，最後再加上八顆黑藥丸，一口氣服用就能夠逆轉所有的危急狀況。」我緩慢而自信地將祕方說出來。

「一次吞黑色的八顆，那真的很多，黑色裡頭一定含有最神祕的成分。」烏鴉說。

圍觀村民不分陣營，尤其是老男人們竊竊私語後猛點頭，好像很同意烏鴉的推論。

「林P解釋，自然界有一組神祕數字，1.618，叫做黃金分割率，不管是DNA雙股螺旋結構、向日葵花朵中心的種子，或端紫斑蝶的翅膀，都有黃金分割率的影子。」我說。

「1.618是什麼鬼？我只會圓周率π，3.14159。」烏鴉說。

情況緊急，我沒空搭理烏鴉的沒水準，繼續說：「1.618，一顆、六顆、一顆和八顆就是這麼來的。」我從口袋裡取出夾鏈袋，裡頭放了乾燥劑，十六顆藥丸被我小心地包埋在衛生紙裡頭。

校長說：「要試嗎？」聲音很小，似乎是自言自語，也像在詢問村民的意見。

四周持續靜默。

校長手裡兜著四種顏色的十六顆藥丸，又重複了一次：「要試嗎？伍老師，伍老師在嗎？」

伍老師在現場？我興奮又帶點不安地四下尋找。之所以不安，是因為我不知道要如何面對伍老師的假身分。然而，伍老師並沒有在衛生所裡，我鬆了口氣。看著眼前奄奄一息的村長，我轉念一想，校長雖然要大家相信她的急救能力，內心應該十分慌亂，否則以她孤傲的個性不可能找下屬商量。急救筆試第一名又如何？救人畢竟不是紙上談兵。而我心裡感到不舒服，既然我已經洩露祕方，藥物也雙手奉上，為何還要婆婆媽媽地拖延時間呢？如果你們沒有比林P厲害，就趕快試試我的方法吧！

我不自覺將自己的地位抬高成林P的關門弟子，正飄飄然，一絲不安閃過，然後不安就像烏雲不斷擴散。為什麼林P要不告而別呢？難道有難言之隱？或許這就是他託孤似地把祕方傳授給我的原因。話說回來，打個招呼再離開不困難吧？從小到大，我很難接受大人說一套做一套的行為。

窗外傳來嘩啦嘩啦的雨聲，這讓我的心情更加混亂。

衛生所的門又被拉開，阿善伯衝進來。村長陣營立刻圈圍住他。阿善伯高舉右手，指縫中露出了陶瓶的血色紋路。眼看陶瓶就要被扔擲出去了，村長陣營大喊：「不可以。」一群人的手在空中拉扯。阿善伯的身軀左扭右閃，沒給大家多少的阻攔時間，手一揮，猛力一摔，乒乒乓乓！陶瓶四散迸裂。

「紙條在哪？上面寫什麼？」校長問。

然而，根本沒有紙條，我一點五的視力，完全沒看到任何東西從陶瓶中彈出來。在衛生所昏暗閃爍的燈光下，一群人趴在地上尋找，生怕被對方搶得先機。地上除了陶瓶碎片，什麼也沒有。

我的心臟被重擊，沒想到村長全然沒有表示，生命自主不是他主推的政策嗎？儘管回答兩個問題的截止日期還沒到，但他不是該以身作則提早表態嗎？

村長陣營暫且鬆了一口氣，曾祕書搓弄著黑痣上的毛打起圓場，「唉呀！選舉太忙，村長忘了，等村長好起來，我會要求他繳納雙倍的罰款，作為公益基金。」

凡仔陣營罵出三字經。

烏鴉在我耳邊說：「我不是早猜到了。村長有了新的女人，絕對不會想死的。」

「不想死，那表示清楚不就好了，是個有老二的男人這麼不乾脆。」我說。

「嘻嘻！村長的老二被女人夾壞了。」

我沒有心情開玩笑。

烏鴉又說：「勾選要急救，之前的廣播全部變成屁話，那就更好笑了！」

我心裡悶得不想再說任何話。

校長眼看陶瓶的風波已經平息，趕忙將十六顆藥丸混進水裡融化，變成一杯黑色藥水。她問：「有注射器嗎？」

是不是搞錯了？這藥丸是吃的，校長要將一大杯黑藥水注射進村長的血管裡？光是想像，我的頭皮就發麻。五秒鐘後，我頓悟了，拍拍後腦勺，懲罰自己的白痴，校長是想將注射器做為餵藥工具。校長凶歸凶，腦袋確實靈光，但是她沒料到，衛生所裡的注射器老早成了我的水槍玩具。

沒有人答話。

校長又問：「那有湯匙嗎？」

眾人仍是相互看著。

「我回家拿好了，來回只要五分鐘。」烏鴉媽媽說。

「算了，緊急時刻……」校長閉起眼睛，咬緊牙關，只見她猛喝一口藥水，然後嘴唇和村長的對接。

藥水一點一滴被送進村長嘴裡。

我不敢相信自己的眼睛。

如此重複了近十次，不少藥水從村長的嘴角滲出來，流到脖子上，像蜘蛛網，景象非常難堪。當藥水快被餵完，我看著校長，想起噴出墨汁的章魚，忍不住想笑的時候，村長咳嗽了起來。那聲音微弱極了，一坨老痰卡在氣管，發出呼嚕的聲響，緊接著村長翻開眼皮，眼珠上吊，露出魚肚樣的眼白，然後肢體扭動徹底消失了。

起初聽到村長的咳嗽聲，我以為藥物發揮了作用，全身毛孔打開，一股暖流由丹田處升起。可是不到兩秒鐘我的心情墜入了地獄，雙腳發軟。

心電圖監測器裡，村長的心跳接近三百下，和「生命教育館」裡被急救，電擊後豎起頭髮的人偶一模一樣。

「慘了，心室顫動。」我大喊。

我媽衝到前頭，打我一巴掌，「出什麼林P傳授的鬼主意，搞砸了，怎麼辦？」

「林P說，這種情況必須立刻電擊，才能夠救回性命，可是這裡的機器壞了。」我右手捂著右臉頰，左手六神無主地緊握著，手心冷汗直冒。

心室顫動當然不是林P教的，我之所以知道這個名詞，是之前躲在衛生所玩耍時，看遍了櫃子裡的醫療器材說明書，而這當下也解釋不清楚，倒不如將事情全部推給林P來得乾脆。

村民的議論如潮水般湧入我耳朵：「都落跑了，還林P，我還卵葩咧！」

（我心裡想，村長的命沒救回，林P的神壇地位立刻被貶抑，唸成閩南語的諧音「卵葩」了。）

「沒救了！」

「不過，黑藥丸真的有效，老婆很滿意。」

「壯陽藥丸讓女人吃了會怎樣？」

「沒用吧！浪費錢。」

「乳頭會翹起來！」

「三八啦！」

……

烏鴉看著我臉頰上的巴掌印，說：「我去『生命教育館』，把電擊器拔過來。」

「那裡的儀器只是裝飾品。」校長說。

「假的？那電擊後為什麼病患的頭髮會翹起來？」烏鴉皺眉頭。

「那是為了吸引民眾來參觀，特別製作出來的效果。」校長的聲音也越來越微弱了。

我走向前，觀察村長。如果真的快死了，我想確認那不是因為藥丸沒效，而是校長錯誤地餵食，讓村長嗆到，才造成這樁意外。

當我趴下來探查他的鼻息時，竟然聞到一股香味。

我愣住了。

那是我一進衛生所就察覺的味道，沒想到是從村長的鼻唇間飄散出來的。這味道我聞過，是校長藉機親吻村長所留下的口紅味嗎？不對，校長不塗口紅，雖然習慣著套裝，卻不曾噴灑香水。

那不是清新的氣味，而是玫瑰混合了不知名的香料，隱藏在肉桂中的濃烈味道。是啊！那是兩天前「生命教育館」開幕時，伍老師坐我旁邊，從髮梢飄散出來，讓我的老二蠢蠢欲動的味道。

不，不可能……

我百般不願意相信，但理智卻告訴我，沒錯，就是伍老師。

我癱軟下來，信仰全部崩塌，又氣又怒下，用拳頭重搥了村長胸膛，大罵：「混蛋！」

「咔」的一聲，從他的胸前傳來。

我生氣地又重搥一次，之後再也撐不住，雙腿虛軟地趴跪在地上。

村長的心跳聲停了，監測螢幕中的心電圖變成一直線，衛生所裡變得無比安靜，我宛如沉入深海中，聽不到一絲聲響。我索性閉上眼睛，拒絕思考。

應該過了很久吧？我想，事後烏鴉告訴我，其實只過了三秒鐘。三秒鐘過後，我又再次聽到「嗶！嗶！」的心跳聲，但這次不再是三百下的心室顫動，而是緩慢而且規則的韻律。

村長慢慢醒來，「好痛……」他說。

所有人都瞪大了眼睛。

痛，是我的重搥擊斷了村長的肋骨嗎？而因為疼痛，才將村長從鬼門關拉回到這個塵世？

校長問：「哪裡痛？哪裡？」

村長闔上眼睛，不再說話。

螢幕裡的心跳每分鐘又來到一百一十下。村長的胸膛快速起伏，臉色也轉趨紅潤。

我完全呆住，發不出任何聲音，也無法移動。

曾祕書聯絡起下山後送的就醫事宜，村民們在衛生所裡忙進忙出，又過了好一會兒，救護車喔咿喔咿的聲音越來越尖銳，也越來越大聲。

我媽又賞給我一耳光。

我終於忍不住哭出來。

校長趕緊走過來，拉住我媽的手，轉頭對我說：「孔澤明同學，謝謝你！」

8

自此之後，我就不曾和伍老師說話了。一方面不屑，另一方面也沒有機會。伍老師表示家裡發生了急事，她必須留職停薪來照顧病危的母親，而我在她還沒復職前就搬家了。

搬家說來突然，仔細想來，倒也合情合理。村長的兒子在一個週末回到村裡，默默走進「呷飽」麵攤，看了很久的菜單，只點了一碗陽春麵。

「加滷蛋？」我盯著他看。

他搖頭。

是個三十歲左右的白面書生，和想像中的不一樣，我以為斷絕父子關係，離家出走的人都應該滿臉橫肉。

「對不起！阿姨，把民宿收回來，真的是不得已。」他看著我媽，進一步解釋，因為村長的醫療、看護和復健會花掉一大筆錢，他必須把民宿賣掉才有機會打平。

「這……這山裡的房子賣得掉？」我媽都結巴了。

「我總得試試。」村長兒子說。

「要不要再問一下村長？」

「我跟那個人的關係不好，從小就很少交談。他現在的情況，當然什麼也說不了。」村長兒子苦笑。

「因為我是翠芬姊的閨密，翠芬姊當了小三，又搶下你媽的位置，變成正宮，你不甘願，寧願賣掉民宿來報仇嗎？」我媽緊張地抿緊嘴唇，失去了以往小鋼炮的氣勢。

「完全兩回事。阿姨，您誤會了，純粹是財務規劃……這湯頭真好，在山上喝熱湯最舒服了。」村長兒子用面紙按按嘴角，低聲說：「我明白那女人是被半拐騙半強迫，才當了第三者，只是沒料到最後竟然嫁給那個人，還一起生活那麼長的時間，也許他真的很愛那女人。」

「那個人」指的是村長，村長兒子總是這樣稱呼他血緣上的父親。

村長兒子起身，押了張千元鈔票在桌上，示意不用找零。

我頭很昏，但還是勉強撐住，慢慢繞轉了三百六十度，仔仔細細地看著這住了十三年的房子。我竟然要離開了！藍色外觀突然黯淡下來，天花板哪裡會漏水，老鼠喜歡沿著哪道牆賽跑，我閉上眼睛都知道，可是，此刻我卻感到無比陌生。

忍著頭暈，我追上前，用盡力氣，把一千元丟到他身上。

他瞄了一眼，轉身離開了。

稱呼為村長，沒錯，村長在悲情的催票下高票連任了。雖然連任後，他沒有行使過一天職權。又過了一個月，傳聞中的他急救傷到了腦子，智商只剩下五歲，每天最大的樂趣是吃甜甜軟軟的布丁當成吞嚥復健。

敲定何時搬家的那天，我整個下午窩在摩天輪底下，朝著旁邊的溪流打水漂。大約過了一小時，我終於對烏鴉開口：「女主角你確定是伍老師？」

「女人心，海底針。老大，我是討厭她沒錯，卻也不敢相信是真的。伍老師可能太缺錢了。」

這是大是大非的問題，不是嗎？我無法接受，只好換了方式，又再問一次：「可是，那天我並沒有看見你說的，男生女生分不開的情況？」

「這就是我媽的不對了。我被派去找林P的時候，聽說被送到衛生所的伍老師四肢又不能動，再一次發生了鬼壓床。錯了，是過度換氣才對。我媽當然不知道嘴巴罩住塑膠袋，能夠把鬼給趕走，慌亂中，拿了她的安眠藥給伍老師壓壓驚。伍老師服用藥物十分鐘後，尿尿的地方竟然鬆開了，不必再和村長連體嬰黏一起。你說，我媽是不是被警察耽誤的神醫？」

「還好。」

「什麼還好！」

我像得了痴呆症，又連說了幾次「還好」，之後黯然轉身離開了。

烏鴉拿著數學課本，追到我面前。

我推開他，說：「我頭很痛，改天再算好了。」

後來，國二下，我變聲了，滿臉痘痘，也不愛說話。這彆扭的情況一直持續到高三，那時和李螢已經超過五個月沒有再聯絡。我告訴自己，快要考學測上大學了，不能再這樣行屍走肉下去。當年，我將心底話藏在餅乾盒，深埋在深山裡，以為人生會重新開始，然而並沒有。膿皰假裝看不見，只是任其在裡頭腐爛，最後惡化成敗血症。我必須刨開它，或至少直視它，才能有機會和過往了結。

我終於開口問我媽，這是幾年來第一次談起這話題。她剛從自助餐店洗完盤子回家，袖口濕漉漉的，身上飄散出油垢味。

我指著八卦新聞裡當小三的女演員，假裝不經意地問起：「都說是真愛，卻不到三個月就法庭相見，到底是演那齣啊？……對了，當年伍老師跟村長在一起，她真的愛村長嗎？」

「別笨了，大人哪有什麼愛不愛。」

「那為什麼肯跟他……在一起？」

「以前到我們民宿開房間的狗男女不都拿錢辦事。」

「伍老師不是妓女。」

「她偽造身分、學歷，家裡也有狀況，伍老師需要這份薪水才能過生活。而誰最能夠保護她？當然是最有權勢的人。你想一下，為了誘惑村長，她還特地買來翠芬姊的同款香水，這樣的心機不重？我孔若云又不是小學生。」

話不好聽，我卻無法反駁。

我說：「所以，伍老師掛在嘴邊的愛上山林，不回都市工作，全都是騙人的？」

「那還用說。深山人口少，村民又單純，被抓包的機率低。如果不是村長忽然倒下來，他吃了伍老師的好處，一定會強迫校長和警察一起保守祕密，然後日子就一天過一天了。」

「好吧！……」我心裡琢磨很久，本來想算了，最後還是將疑點一股腦兒倒出來：「媽，你說過村長會掐住人的弱點不放，事情有沒有可能反過來，村長的太太過世了，村長空虛寂寞就威脅伍老師和他發生關係，也強迫伍老師噴灑同樣的香水，這樣他的老二才會站起來？而伍老師為了保住工作，好償還黑道的債務，只能配合？」

我媽手托著腮幫子，閉起眼睛，思考了很久，當我以為她不想回答我時，她忽然睜開眼說：「不是不可能。可是這全跟我們沒關係，不是嗎？」

我媽瞄了我一眼，那似乎是種懷疑的眼神。

她熱起自助餐店帶回的剩菜，「阿明，這日式炸豬排沾醬有蘋果的味道，排隊都不一定能夠買到，老闆娘和我有交情，預留了一份，要我帶回來。」

我媽又說謊了。她今天晚回來可能就是排了很久的隊伍。

「你吃，我不餓。」我說。

金黃脆皮的豬排淋上白蘿蔔泥，上頭綴著嫩綠蔥花，好看極了，可是我的嗅覺已經變鈍，幾乎聞不到半點香氣。過了這麼多年，我接受了人性格上的不純粹，也就是，世上沒有百分之百的壞人，當然也沒有百分之百的好人，只是，接受是一回事，難過又是另外一回事。我告訴自己，難過久了，就會麻木的。

「林P，也就是林教授，還記得吧？他全名叫什麼？」我拉了椅子，坐我媽旁邊。

我媽打了一個大哈欠，搖搖頭。

「不是有登記本？住宿時要詳細填寫，還得押上證件？」

「村長帶來的人，要證件做什麼？再說民宿是他家的，我只是幫忙管理，說要搬就立刻得搬了。」我媽酸味十足，又說：「好幾年前的事了，怎麼？你忽然提起他們來幹什麼？」

她扒了兩大口飯。晚上十點，她真的餓壞了。

「只是剛好想起來而已。」我說。

「阿明，你今天心情不錯，比較願意說話哦！小時候，你整天話說個不停，長大後變得像啞巴，我擔心得要命。來，把豬排吃掉。」

「對了，媽，你搬離山上就不講英文了，為什麼？」

「有嗎？我沒注意到。人就是這樣一陣一陣，你的鼻子過敏現在不是也很少發作了？」

「我的過敏都是爆發在月圓夜。」

「今天就是農曆十五啊！」

「是嗎？」

我抬頭看向窗外，野貓相互追逐，跳離屋簷，發出了叫春的聲音，明月皎白如玉，天空裡幾乎看不到半點星光，更別說大小熊星座和北極星了。都市裡的光害太嚴重了。一個閃爍紅點緩緩在黝黑天空畫出了一條直線，那應是民航機的訊號，我回頭看，這才發現，我媽的頭頂已經冒出了不少的白頭髮。

回到房間裡，我深吸一口氣，拿起手機，在谷歌輸入「林教授＆醫學博士」，又改換成圖片搜尋，並沒有出現熟悉中的瘸腿身影。

我腦袋裡迸現出阿善伯紅著臉吞下黑藥丸，差點嗆死的畫面，就改而鍵入「黑膽汁」這個關鍵詞。

第一則，維基百科顯示了古希臘「四體液學說」的醫學理論；第二則，黑膽汁是造成憂鬱的體液；再往後看，並沒有出現黑膽汁與敗腎陽萎的相關報導。

我耐住性子，一頁一頁滑動，突然眼睛一亮，那是四年多前發生在北部海邊的地方新聞：

馬唯君，四十二歲無業男性，被女性友人檢舉使用壯陽藥「威而鋼」，混合類固醇、止痛劑和維他命，再佐以色素，製成四種顏色的藥丸，行使詐騙。馬姓嫌犯為了吸引往來人潮的目光，賣藥前，會從觀眾中找出一個倒霉鬼來進行「抓眼蟲」的表演。抓眼蟲是這樣子進行的：馬嫌假裝用內功逼出觀眾體內的毒蟲來到眼睛附近，接著用黑色長筷將眼蟲黏附出來，其實那是魔術，白色眼蟲是由米粒做成的，他不斷轉動著筷子，只是為了讓被障眼的米粒顯露出來。馬嫌的騙術還包括將蕈菇摻雜安眠藥用，以偽裝成劇毒，迷倒貓狗後，再用四色藥丸把牠們救活。

五年前，角頭老大不甘心受騙，打斷了他左腿。馬嫌轉換陣地繼續行騙，拜殘障帶來的同情心所賜，他的生意更加火紅。

馬姓嫌犯高中肄業，所有醫學知識都來自於服役時擔任衛生連的二等兵，對外卻宣稱是醫學博士，專攻古希臘的醫學理論，號稱一眼就能夠看穿病患體內「血液、黏液、黃膽汁和黑膽汁」的不均衡——那理論現今看來當然是過氣而且不合乎科學，卻在馬嫌的話術下，一躍而成能夠調理百病的祕笈。檢方呼籲受騙的民眾勇於舉報。

馬嫌的女友身材火辣，大義滅親是因為馬嫌以要接受體檢為由，騙了她三仟元。馬嫌日前酒駕遭罰勞動役，據傳勞動役的內容是到殯儀館清洗無名屍的屍體，而體檢的目的是要排除罹患肺結核等傳染性疾病，那是易服勞役必要的程序。

馬嫌去了趟醫院後，傳訊息告知女友，他的胸腔X光顯示前縱膈腔長出一顆籃球大小的腫瘤，隨即消失了七天。手機都不接，訊息也不讀不回。待又重新回到租屋處時，竟然將廝混野女人所送的蝴蝶標本大方地置放在客廳茶几上，而標本的背面翅膀，還有兩個人訂情的血紅拇指印。她氣得把它丟出去，標本的玻璃罩破裂四散。馬嫌甩了她耳光。一氣之下，她將醜事全部抖了出來。

我反覆閱讀新聞稿，不明瞭馬姓嫌犯女友的火辣身材和這則報導有什麼相關性，進而我又在網路的影片裡，搜尋到類似的詐騙手段：一個偏僻的鄉間，神棍為村婦抓出了滿盆的眼蟲，村民們為此神蹟激動落淚。

原來這樣的騙術已經流行有好一段時間了，並不是林P的發明。連騙人的伎倆都是抄襲而來的，太沒創意了。我回想起和林P的對話，發現往往他脫口而出的才是真的，而認真陳述的全是鬼扯。他這樣子，我不意外，也不在乎了，反正「假作真時，真亦假」，林P模仿布袋戲裡的「真假仙」，教過我這個道理。我倒是想知道，被罰勞動役洗屍體是不是很恐怖？胸腔腫瘤治療得如何了？腫瘤是騙人的報應吧！可以用針刺破腫瘤，讓它像籃球一樣癟掉嗎？

林P會不會現在已經死了？

這些問題和伍老師的後續動態一樣，我完全不得而知。

烏鴉的倒數第二封信裡曾經提起，伍老師留職停薪後，再也沒有復職，造假的學歷也不可能有資格當老師。村長的事情發生八個月後，她以生涯規劃為由，永遠離開了。烏鴉信裡表示：「伍老師的媽媽死了，伍老師去了南部，還換了新名字，到底叫什麼，沒有人知道。有進一步的消習（息），我會在第一時間跟老大報告。」

「好消習（息）是，我媽並沒有追究她的假身分和假學曆（歷）。這樣的作假一般是要被通輯（緝）的。」

「伍老師回到山上打包行李時，頭髮剪得像男生，不認真看，我完全認不出來是她。村裡的人來送行時都假裝沒發生過任何事。伍老師朝著我媽、校長和所有的村民局（鞠）躬。奇怪的是，臨走前伍老師瞪著曾祕書，扯下了脖子上的十字架項鍊，眼神像穿著紅衣服吊死，前來報仇的厲鬼。她說：『夠了，你們可以放手了吧？』聲音很小，不凶，可是聽到這樣的語氣會以為鬼真的來了。曾祕書嚇到了，停止扯他痣上的毛。伍老師被朋友載下山後，從此沒有消習（息）。……」

我沒有寫信追問，當時天真的以為，自己已經不在乎，也沒有察覺到信裡頭有哪裡不對勁，只將它草草看過後，扔進抽屜裡。

我潛意識裡想抹除所有與山上相關的記憶，然而怎麼會幼稚到把烏鴉也算進去呢？我把他的掏心掏肺視為理所當然，不知珍惜，一直到整個高中時期都沒有知心好友才驚覺到不對勁，可是一切都來不及了。

如今，我無比悔恨地從抽屜底層找出信來，看了又看，視線停留在「你們可以放手了吧？」……

放手？放什麼手？烏鴉媽媽和校長不都假裝不曾發生任何事？難道如同我的猜測，伍老師不曾心機婊的攀附權貴，也不存在兩情相悅，從頭到尾都是村長在威脅欺負伍老師。但是，什麼叫做「你們」？難道不只村長，曾祕書在村長病倒臥床後承接了此「業務」，不論伍老師在山上，或逃到了山下？折磨一個人至死方休？天啊！

我一刻不能忍地想知道答案。左思右想，我撥打起烏鴉家裡的電話號碼。

「您撥的電話號碼是空號，請查明後再撥。」

我的心臟震了一下，又再試一次。

「請查明後再撥。」

發生什麼事了？

我上網搜尋村子的訊息，螢幕上出現了校長的照片，她仍舊一身暗紅套裝，在天明宮前九十度大鞠躬，裊裊香煙的背景隱約可見黑臉的鎮殿媽祖。

那是一張告別照，左邊的文字是三星期前發出的新聞稿。

我這才知道，烏鴉和校長是最後兩戶搬離村子的人家。村名還在，谷歌地圖依然清楚地標示出地點，但是村子卻永遠消失了。

我明白時間會給出答案，只是沒料到如此快速，更讓我意外的是，守候村子到最後的竟然是校長。

我躺在床上，閉起眼睛。

杳無人煙的山林，野溪嘩嘩奔流，端紫斑蝶沿著溪澗飛進山谷，鎮殿媽祖手持著奏板，凝定看向遠方的側身剪影，所有的記憶一波波湧現，直至蔓生野草將這些景象全部吞沒。而我埋藏的餅乾鐵盒呢？終有一日會被周遭落羽松蔓延的淺層根給頂起，進而露出地面嗎？

巷子裡的野狗汪汪吠叫，那神似小黑的聲音，而轉角大馬路的救護車喔咿喔咿聲越來越惱人。

我坐起來，將那則詐騙新聞裡關於蝴蝶標本處的描述看了又看，終至腦袋裡都是端紫斑蝶在翩翩飛舞。

醫學系口試的會場上，女教授問我：「人被你救起來了，有後遺症嗎？」

「後續情況我不清楚，只聽說智商受到一點影響。」

「腦細胞缺氧超過六分鐘就會受損，這案例提醒我們，高品質心肺復甦術的重要性。」女教授又轉頭問老教授：「心臟的問題，你是專家。胸前重擊真的能夠救回病患的性命嗎？急救訓練的準則裡並沒有這項建議。」

「你們猜猜看，拳頭重擊能夠產生多少焦耳的能量？」老教授說。

「焦耳？能量？」女教授說：「我就是物理不好才來讀醫學系，我只知道肋骨會先斷掉。」

「一百焦耳吧？亂猜的，請教授指導。」我說。

「只有五到十焦耳。」老教授說。

「太少了。心室顫動的急救電擊至少要兩百焦耳起跳，這樣不可能成功的。」女教授說。

「這是古老的醫學了。小規模的研究指出，胸前重擊對於到院前心跳停止的病患，成功率約是五個百分點，也就是一百個病患，有五名可能受惠於這項治療，當然比現在的ＡＥＤ少很多。」老教授一邊解釋，一邊做出搥擊的動作。

「樣本量太少，又是回溯性研究，無法矯正的變數太多，得出的結果很有可能是假的。孔同學，你知道哪一種研究方式的證據等級效力最高嗎？」女教授問。

「就實證醫學的觀點，隨機、雙盲、對照是最好的研究設計。」這是考古題，我不假思索就答出來了。

「對。」老教授點頭，「答得很好。事實上所有的研究結論都不可能全部為真，真實世界有太多不可控制的因素。身為醫師，必須結合臨床，小心求證才行。」

（兩位教授討論得熱烈，原先我揣測女教授刻意霸凌失勢老教授，原來全是自己腦補，她也許只是直率得令人討厭而已。）

「威而鋼擴張心臟冠狀血管，改善氧氣供應，我認為才是救命的關鍵。可是這故事太離奇了，一定是你編造的。」女教授再次盯著我眼睛。

「不是。」

（造假？我要被淘汰了嗎？）

「這樣搥蠻好玩的。」老教授蒼老的聲音裡，隱藏著調皮的語氣，「下次病患急救，去顫器還來不及準備時，我來試試。」

「不會成功的。被家屬看到，你會先吃上官司。」女教授說。

當女教授跟老教授爭辯起究竟是哪一種方法才是救活村長的關鍵時，鐘聲響了。

時間到。

外面天色全暗了，走廊的燈亮起來。我鬆了口氣，站起身，鞠躬九十度，說：「謝謝教授。」

我的身體因為緊張全僵掉了，站的姿勢很不自然。突然眼睛癢極了，我用力搓揉，有那麼幾秒鐘，我以為會擠出白色眼蟲來。

老教授走向前，握住我的手：

「真中有假，假中有真，沒有標準答案，科學的訓練希望能夠逼視真相，有時卻容易走進岔路，這就是醫學，也是人生。」

我目送著他們的背影離開我的視線。

老教授鬆開手後，轉身慢慢走遠，工讀生以為人走光了，將一整棟大樓的燈全部關掉。我又走進教室裡，在講桌左邊靠窗第一排的第一個座位處坐了下來。除了放筆的凹槽外，塑膠桌面的表面平滑，不像小學的木桌上有許多刻痕。涼風送來，黑暗中，我彷彿看到蝴蝶翅膀發出的綠藍紫色金屬光澤。接著，腦海裡的畫面轉回到四年多前，村長的胸膛被我猛搥了兩拳的場景，在那衛生所亂七八糟的急救裡，心電圖監測器顯示的心臟搏動是每分鐘一百一十下。救護車來了，躺著村長的滾輪擔架滑進了車內，司機關上後車門，發出了一大聲的「砰」。

我看著衛生所牆上的掛鐘。鐘早停了，秒針動都不動，從窗戶透進來的天光，我知道那是清晨六點鐘。

我離開衛生所，又往前走了好一大段路，終至遠離所有的人群，在一個一等三角點遠眺著山嵐。太陽逐漸高升，霧氣散去，雲影投射在草地，有一搭沒一搭地漫舞著。可以確定的是，今天聽不到「大家早」的廣播了，明天、大後天也不會再有，我終於可以好好的睡一覺了。山風刮著人臉，我拉緊夾克，直射的陽光讓我不由自主地瞇起眼睛。在這剎那間，遠處如火柴盒大小的摩天輪轉動了起來，像風車般地轉動，我揉了揉眼睛，卻越看越模糊。

那是錯覺吧？王小華從摩天輪的紫色包廂探出頭來，羞澀地不斷跟我揮手……

【後記】

雖千萬人，吾往矣

門診結束已經是下午兩點多，顧不上吃午餐就帶著已久候我的學生們查房，聆聽家屬講述病榻上的狀況，一一觀察病患的臨床徵象，再和剛出爐的檢驗數據參照確認。當其他病患開心地整理行李，準備出院回家時，鄰床的吳先生卻持續在昏迷中，家屬們緊盯著監控的心電圖。他們已經守候兩天了，臉上顯現的不再是焦慮，而是極度的疲憊。生生死死，我安慰學生們，就像盤旋的飛機最終也會降落一樣，如何讓病重者在最後一刻平穩地落地，是醫師責無旁貸，卻常被忽視的任務。

我和學生們步入會議室，進行討論。李醫師是六年級的學生，容貌清秀的她總是顯得心不在焉，當我詢問起昨天交付的課題時，她的回答一樣零零落落。我不禁思考，身為醫學生的這六年間，她是如何走過來的？當初入學時的面試大關，為求能在全國菁英中突圍而出，言之成理、侃侃而談已經是最基本的要求了，而為求得考官進一步的肯定，哪一位不是熱血澎湃地表達出對於醫學濟世的熱情？難道這些都是假裝的？

醫學面試一直是個被大眾忽略的有趣議題。如果深究過歷年考古題，會發現題型真是包羅萬象，譬如測試邏輯思維的數學題：

「有五十顆球，由你和朋友輪流拿，每次可以拿一到三顆，拿到最後一顆球的人將獲勝。請問你一開始要拿幾顆？」

還有充滿倫理挑戰的兩難題：

「一對連體嬰，分離的風險極高。如果你是連體嬰當事人，今年已經十五歲了，你想接受分離手術，但是你的連體兄弟並不想，你要如何與他溝通？而如果你是連體嬰的父母，將如何面對？又如果你是醫生，連體嬰分離手術可能會帶來感染和死亡風險，病人卻堅持要進行手術，你將採取什麼行動？」

這類問題不僅考察了醫學知識，還需要面試者具備倫理思考和同理心。它們突顯了醫學專業的複雜性，以及醫生在處理兩難情況時兼顧道德與現實的決策能力。

而這樣的面試，考驗一群十八歲，正處於成年交界的青少年，更是別具深意。我們常常期望孩子既能保持赤忱之心，卻又希望他們能合宜、適度地社會化，好因應世俗生活中不斷拋出的挑戰。到底哪種孩子可以同時擁有理性的邏輯思考力，又能夠通透、圓融地處理人生中的困難抉擇？無論如何我相信，能夠接連克服大考與面試，脫穎而出的孩子絕對是人中龍鳳。

那麼，為什麼李醫師會背離初衷，在六年的專業科目學習之後，表現得遠遠落後當初入學的她呢？

其實，我也是。

我也沒有完成自己的承諾。

在大學畢業紀念冊上，我曾經充滿信心地寫下了這句話：「要在三十歲前出版第一本小說集。」然而，二十幾年過去了，書架上一直只有別人的作品。儘管我仍然眷戀於文字，但在現今這被影音媒體所主宰的時代裡，小說作者們能夠獲得的「讚」總遠不及那些簡單淺白的直播談話。想在盛況不再的文學市場中出版純文學小說，這難度比起在醫學期刊發表論文，還要高出十倍有餘。臨床教學時，我總是期許學生們要一往直前，信守承諾，可是有好長一段時間，我真的感覺自己就要敗下陣來了。

新冠病毒的到來改變了一切。二〇二一年五月，嚴格封控的制度使得疫情下的醫學中心反而格外冷清，我突然沒有那麼忙碌了。外在天翻地覆的世局，對照沉澱下來淨空的自己，有個聲音不斷響起：「我總得為自己完成些什麼吧！」

我打開那擱置了好幾年的電腦檔案。《端紫斑蝶的最後夏天》最初的構想是探討「生命」。沒錯，生命，一位醫師作家理所當然的主題，可是隨著歲月流逝，我漸漸覺察到當初的幼稚。我總是告訴病患家屬，「看開點，人生就是這樣。」可是遇到自己的父親離世，不也是獨自一人在車上哭得淅瀝嘩啦的。人生太難，寫著寫著，不知不覺中，小說的主軸已轉變為「成長」。

在醫療現場走過二十多年，形形色色的人與事早就磨平了我的稜角，「老、病、死」的樣態無可抵擋地天天輪番上演，敦厚善意的家屬很多，蠻橫奪理的人也不在少數，人生原來不是我年輕時自以為的風景。經歷了這麼多，想想我還是選擇以文字發聲，談談平日說不盡的內心感受，雖說迴響可能有限，然而正如書中主角孔澤明的自勉之語，「雖千萬人，吾往矣！」

小說創作毫無疑問是一門專業的技藝，感謝耀明的意見，讓我能在人物形象的塑造和故事段落取捨，做出更合宜的調整。

感謝寶瓶，她們總是以無比的勇氣出版新人的作品。

感謝曉芳、元鏘、昭傑、明桂和彥瑩，總在我人生各面向遭逢難題時，耐心傾聽，給予我無限度的友情支持。

感謝我的小孩，你們的成長教會了我很多很多……

當然還有哥哥、姊姊、偉大的媽媽，以及在天上的爸爸。

感謝太太淑芳，一路以來包容我的有所不為，我的不合時宜。這本書的出版對於因為文學而結緣的我們格外有意義。我的所有作品，無論得獎與否，刊登與否，她永遠都是第一讀者，第一評論者與第一改者。

最後，感謝眼前可愛的讀者們，謝謝您們耐心閱讀我的故事。

國家圖書館預行編目資料

端紫斑蝶的最後夏天／陳鴻仁著.——初版.——
臺北市；寶瓶文化事業股份有限公司,2023.11
面； 公分—（Island；329）
ISBN 978-986-406-383-3（平裝）

863.57 112016197

Island 329

端紫斑蝶的最後夏天

作者／陳鴻仁

發行人／張寶琴
社長兼總編輯／朱亞君
副總編輯／張純玲
資深編輯／丁慧瑋　編輯／林婕伃
美術主編／林慧雯
校對／張純玲・陳佩伶・劉素芬・陳鴻仁
營銷部主任／林歆婕　業務專員／林裕翔　企劃專員／李祉萱
財務／莊玉萍
出版者／寶瓶文化事業股份有限公司
地址／台北市110信義區基隆路一段180號8樓
電話／(02)27494988　傳真／(02)27495072
郵政劃撥／19446403　寶瓶文化事業股份有限公司
印刷廠／世和印製企業有限公司
總經銷／大和書報圖書股份有限公司　電話／(02)89902588
地址／新北市新莊區五工五路2號　傳真／(02)22997900
E-mail／aquarius@udngroup.com

著作完成日期／二〇二三年七月
初版一刷日期／二〇二三年十一月六日
ISBN／978-986-406-383-3
定價／三七〇元

AQUARIUS 寶瓶文化事業

愛書人卡

感謝您熱心的為我們填寫，
對您的意見，我們會認真的加以參考，
希望寶瓶文化推出的每一本書，都能得到您的肯定與永遠的支持。

系列：Island 329　**書名：端紫斑蝶的最後夏天**

1.姓名：＿＿＿＿＿＿＿＿　性別：□男　□女

2.生日：＿＿＿年＿＿＿月＿＿＿日

3.教育程度：□大學以上　□大學　□專科　□高中、高職　□高中職以下

4.職業：＿＿＿＿＿＿＿

5.聯絡地址：＿＿＿＿＿＿＿＿＿＿＿＿＿＿＿＿＿＿＿＿＿＿＿＿

聯絡電話：＿＿＿＿＿＿＿＿　手機：＿＿＿＿＿＿＿＿

6.E-mail信箱：＿＿＿＿＿＿＿＿＿＿＿＿＿＿

□同意　□不同意　免費獲得寶瓶文化叢書訊息

7.購買日期：＿＿年＿＿月＿＿日

8.您得知本書的管道：□報紙／雜誌　□電視／電台　□親友介紹　□逛書店　□網路

□傳單／海報　□廣告　□瓶中書電子報　□其他

9.您在哪裡買到本書：□書店，店名＿＿＿＿＿　□劃撥　□現場活動　□贈書

□網路購書，網站名稱：＿＿＿＿＿＿＿　□其他＿＿＿＿＿＿

10.對本書的建議：（請填代號　1.滿意　2.尚可　3.再改進，請提供意見）

內容：＿＿＿＿＿＿＿＿＿＿＿＿＿

封面：＿＿＿＿＿＿＿＿＿＿＿＿＿

編排：＿＿＿＿＿＿＿＿＿＿＿＿＿

其他：＿＿＿＿＿＿＿＿＿＿＿＿＿

綜合意見：＿＿＿＿＿＿＿＿＿＿＿＿＿＿＿＿＿＿＿＿＿＿＿＿＿＿＿＿

11.希望我們未來出版哪一類的書籍：＿＿＿＿＿＿＿＿＿＿＿＿＿＿＿＿

讓文字與書寫的聲音大鳴大放

寶瓶文化事業股份有限公司

（請沿此虛線剪下）

廣 告 回 函
北區郵政管理局登記
證北台字15345號
免貼郵票

寶瓶文化事業股份有限公司收
110台北市信義區基隆路一段180號8樓
8F,180 KEELUNG RD.,SEC.1,
TAIPEI.(110)TAIWAN R.O.C.

（請沿虛線對折後寄回，或傳真至02-27495072。謝謝）